梦象之门

王晓方 著

作家出版社

梦象之门

作者介绍

王晓方

生于1963年8月，辽宁沈阳人，理学硕士，著名作家、诗人、文体家。开“新文体小说”之先河。一向认为原创性是对一部长篇小说的最高赞誉，并执着地致力于挖掘叙事艺术的无限可能性。近年来又提出了“梦象”“心灵图景”等美学理念。在政治题材类小说方面，被英国《卫报》誉为“树立了这类题材的王者地位”。著有新文体长篇小说：《驻京办主任（四）》（又名《蜘蛛》）、《公务员笔记》、《白道》、《油画》等，并著有长篇小说《致命漩涡》、《少年本色》、《驻京办主任》、《驻京办主任（二）》、《驻京办主任（三）》、《市长秘书》（又名《心灵庄园》）、《市长秘书前传》、《市长秘书前传（二）》、《大房地产商》、《外科医生》和随笔集《独木桥》。已发表作品五百万字。长篇小说《市长秘书》（又名《心灵庄园》）获新浪网第二届华语原创文学大赛优秀长篇小说奖。首届中国网络原创作家风云榜上榜作家。《驻京办主任》获2008中国图书榜中榜最受读者关注图书奖。《驻京办主任》获亚洲周刊二零零八年全球十大华文小说。《公务员笔记》被英国企鹅出版集团誉为“中国当代小说最好的典范”。

献给竹青、千一

梦象之诗与画

王晓方

所谓梦象就是诗人或艺术家将与心灵有关的所有元素通过意识、潜意识甚至无意识萃取而凝聚起来的一幅幅心灵图景。梦象是使心灵世界与宇宙相似的形式，是诗人或艺术家心灵世界诗意的外化与幻化。梦象只属于诗人或艺术家所开创的来自心灵的无限可能性。起初艺术的目的是模仿事物的外表，于是产生了具象，印象的发展虽然模糊了具象，但仍属于具象，进而艺术的目的是揭示事物的主要特征，于是有了抽象，现在艺术的进一步的诉求是描绘心灵图景，于是梦象诞生了。可见人类心灵的感知能力是从具象、印象、抽象进而发展到梦象的。虽然起初艺术史是从描绘世界的无穷表象开始的，但最终人类将渐悟到艺术的本质是揭示人的心灵图景。“具象、印象、抽象”思维是睁着眼睛的思维，看到的是大千世界；“梦象”思维是闭上眼睛的思维，看到的是内宇宙，而大千世界是内宇宙的表象，是对内宇宙的反映。其实，人类充满了代代相传的梦象。如果没有梦象，我们就无法与神、天使甚至幽灵和魔鬼交流。毫无疑问，诗与画都是解放想象力的手段，想象与心灵的关系只能是梦象的，通过诗与画可以打开梦象之门。

毫无疑问，梦象既有诗性，又是哲学的。我喜爱具有清晰哲学模式的诗歌。梦象作为一种崭新的哲学是以非常高的温度和诗情画意融合在一起的。在诗与画中除了感性之外，也有理性的成分，对理性可以进行诗性的表达，同时这种表达也可以借助非理性。诗与画是幻化的哲学。将感觉转化为意象，而一系列意象可以构成梦象。诗人与画家都具有具象化的天分，在表现极具张力的心灵图景时，神话般的梦象难免要裹上有痛楚喜悦的肉身。诗与画都能够为一个梦象所贯穿。

其实，梦象是一种道，或者说道是梦象的。追寻梦象要摒弃所有抒情的老调，要吸收和表现新的情感体验，要熔炼新的社会属性，熔炼出与时代相符的诗人与艺术家的底色。无论是诗人还是艺术家都是通灵者、盗火者、捕梦者和魔法师。既然诗人或画家是魔法师，那么诗句、韵律、线条、色彩就是咒语，通过这种心灵咒语可以恢复“道”的原始力量，并通过原始力量的驱动，超越已知世界的边界，进而进入梦象世界。心灵的无限能量通过梦象展现出来，一幅幅心灵图景就是心灵之无限能量的表现形式。诗人与画家的心灵世界，其实是一个独立的内宇宙，这个内宇宙由他们的意识、潜意识和无意识所构成。潜意识是意识之根，它一直潜移默化地影响着意识，它犹如一个幕后操纵者以其神秘而强大的力量无形地控制着意识所体验的一切。当然每个人的潜意识所储存的信息都不一样。既然潜意识是意识之根，自然扎在了无意识这块广阔无垠的沃土里，其能量和养分都从无意识的沃土里汲取。思想的光芒来自奇迹和启示的永恒空间，这个永恒空间永远潜伏于诗人和画家意识的“暗处”。这个“暗处”就是潜意识与无意识。

心灵世界是一个广阔的充斥着视觉幻影和光学幻象的领域，只有当我们通过冥想、梦境、幻想、禅定、联想、坐忘、捕梦、直觉等方式观察内宇宙时，梦象才会发生。直觉会帮助我们从逻辑思维中跳脱出来，集中全部意识，清晰地看见心灵图景。梦象在被观察之前，从未真正展开过，而是处于一种模糊的、混沌的、可能的状态。只有在我们当前的观察发生之后，心灵图景才立即成为实际的梦象。通过揭开表象的面纱，梦象主义打开了一扇通向有无限可能存在的崭新世界的大门。意识和宇宙是相互关联的，它们是一个整体。

梦象的生成重复了宇宙诞生的模式，在这个过程中，语言和韵律像黎明般苏醒，色彩和线条像光影一样闪烁，内在的不可名状的东西在心灵元素的聚合下形成令人惊异的图景，自由充满了原创力量。灵魂在梦象生成过程中得到锤炼、修行和升华。对灵魂这种无法感知的东西必须通过梦象来感知。心处于空灵状态，就会看到心灵图景。超越时空的智慧通过梦象而来。诗人和艺术家可以神游高维度空间。诗人和艺术家都相信对立物的启示，相信表象与心灵世界是一个庞大的符号系统，诗人和艺术家将这些符号提高到神话的高度，目的是窥见内在“彼岸”的短暂瞬间。梦象是心灵语言描绘的神话，是心灵语言描绘的宇宙。梦象具有绘画的生动性。

无论是诗歌还是绘画，只要是伟大的作品，无不诗意地存在着。诗性可以打开好奇心之门。诗人和画家都要以独特的声音传递出元素式的充满感性的好奇心。好奇心给人以希望，难以捕捉的隐喻就潜伏在这希望之中。隐喻在现实与理想之间建立了联系，为此诗人和画家通过冷静的思考不断地与自己过不去。这是一种浪漫主义的对抗，通过这种与自己的对抗，诗人和画家用智慧突破了有限的存在。当然这种精心的运思不得不化为形式。诗歌和绘画的力量包含着创造的狂热，只有化为形式方可释放出来。应该说，这种形式是梦象的。诗人用语言、韵律、节奏构建了一个梦象世界；画家用色彩、线条、光影构建了一个梦象世界。诗人和画家在揭示梦象的同时，打开了一个刺激想象力的空间感。阅读诗歌或欣赏绘画就是探索被诗人或画家创造出来的梦象的慑人境界。理想的诗歌或绘画样式就是诗人或画家的心灵图景或梦象。诗歌虽然是用词语写成的，但它从来都不是语言，而是梦象。绘画亦是如此。

诗的形式问题实质上是一个如何表达的问题。表达方式所发生的变革必然要与时代的纷纭现实相应和。揭示梦象需要丰沛有力的诗句和独一无二的构图，这样的诗句或构图既需要辉煌的想象也需要最好的语言或色彩。每一个文字或线条都犹如一个正在燃烧的原子，每一行诗句、每一个色块都饱含着电光。一首好诗或一幅好画就是一个源泉，诗画之江河两岸永远有赏心悦目的心灵图景或梦象。诗性就是神性。神性帮助我们看到梦象背后无穷的又富于暗示的含义联想。

诗人和画家必须用强烈的个人经验和对神圣的向往，通过心灵图景发出独特的声音。诗与画是心灵图景的外化与幻化。如果一朵花是一首诗或一幅画，那么它的芳香就是诗意或气韵。诗意或气韵的这种“隐秘性”，恰恰是诗歌或绘画的价值所在。

诗意的传递离不开丰富的感觉、意蕴节奏、意象意境。我采用的方式就是十六行全韵诗，这是我独创的一种新诗体，是诗从口水回归象牙塔和万花筒的新形式。伟大的作品无不诗意地存在着，从未口水地存在过，诗歌之所以高贵恰恰在于“诗意”。而诗意是神性的、梦象的，相当于心灵图景的“画眼”。获得诗意，必须进行反常规的创造。这就离不开直觉、知觉、联觉、通感、跳跃性及逆向思维、顿悟、想象力、联想能力、高度浓缩的情感等等不同于常人的意识活动。诗与画是最讲究独创的。这种独创性要求诗人和画家对内外宇宙要高度敏感与领悟，比如偶尔一瞥的惊诧，睡梦中的灵光乍现，毫无准备的神灵附体以及意想不到的神奇，等等。诗人与画家的任务就是通过这种高度的敏感和领悟捕捉梦象，通过梦象体验世界的本质和生命存在的“绵延”。梦象是主客观的有机融合，主要通过非理性、潜意识、无意识、音乐化、陌生化的方式来营构。通过暗示和联想可以获得一张梦幻般的神秘美。梦象使神秘突然降临，无形变得有声有色、可触可及。无论是诗还是画都与梦是手足。心灵是密码，读它、破译它的过程是最美的。深入享受“谜面”及其本身的美感比第一时间找到最终谜底更令人着迷。

我并不是在寻找梦象的模式，而是在描绘可能产生梦象的形式。捕捉梦象必须永远寻找具有启发性、创造力的因素。梦象是一种超自然的力量，充满了魔性。这种魔性触及了无穷，并且没有给自己限定界限。内宇宙高居于所有尘世的力量之上。每一个诗与画的意境，诗行与诗行之间、色彩与色彩之间连着的血脉，每一个超验的真实，都是梦象之投射。万物的本质躲避着我们，是梦象将我们带到了未知的彼岸，我们通过梦象走向本质、走向无穷。当灵感专断地占据了一个诗人或画家的身心，必然要发生灵魂与魔性的较量。这种较量使诗人或画家原本宁静的心灵世界迫向沸腾的瞬间。每一个瞬间被诗句或色块定格后便形成心灵图景，一个或几个甚至无数心灵图景构成梦象。在《梦象之门》中，我尊重心灵话语的内在节奏力量以及韵律、气韵、线条、色彩的涵义，每一首诗的词语、句子、音节，每一幅画的线条、色彩、气韵都围绕着由梦象而形成的宇宙。在这些诗作与画作中，既可以看到阳光的流动，也可以看到行云般逝去又凝滞的时间。推翻时空的传统围墙，让意识自由地流动，独立追寻真实之路。

为了揭示梦象，诗人和画家会调动全部潜意识和心灵元素。无论是诗还是画都源于我们内心的圣地。只有自由可以打开梦象之门，让我们看到异彩纷呈的心灵图景。“向外望向世界”只是一种视觉表象，其实根本没有独立于意识之外的宇宙。诗人和画家不是将生活中可通过观察得到的表象再现出来，而是坚定不移地探讨梦象的哲学之谜。正所谓“象”由心生，整个宇宙就在我们的心灵世界之内，我们所看到的一切都在我们的心灵世界中。视觉世界是我们大脑深处的内心感觉。我们唯一能感知到的东西，其实就是梦象。“存在”的本质是梦象，迄今为止，还没有一个精神意象能像“梦象”一词可以充分捕捉到“存在”的本质。“光”是通过“梦象”方式在心灵世界产生出奇幻色彩的。所谓创造性的原初状态都源自若有所思的梦境。作为通灵者、盗火者、捕梦者和魔法师的诗人和画家，无不猛烈地冲破燃烧着的屏障，反叛地打破一切固有形式，甚至通过对自己心醉神迷的毁灭回归自己的原始天性。存在变化无穷，但“心外”皆为表象。内在的和深刻的是我们自身的感知力。其实“天外”就是“心内”，神游于“天外”就是神游于“心内”。追求艺术的隐秘性真实的感知力来自于心灵。对神迷的渴望引领着诗人或画家寻找独特的语言、韵律、节奏或线条、色彩、气韵，受某种隐秘的、原初的直觉或一种内在的需求驱使，以瞬间的形式重构宇宙的和谐，通过梦象寻找自我与内宇宙的真正关系。这是一种趋向内在本源的内省。由一种集中的意识所感知。

诗人从直觉出发，通过感性的触觉触及内在的本质，肆意设置密集的意象，并通过意象之间的相互撞击、相互制约，表现心灵图景和生命的律动。强烈的节奏和密集的意象，冲击着惯于抒情的诗歌传统。词语和诗节既破碎又浓缩。诗人的语言来自一个梦象王国，隐喻像天使的密码或魔鬼的咒语难以破译。正是这种具有高度美学自觉的隐喻，得以使诗人抵达苦难的心灵和语言的内核。诗人通过心灵将自然的现实内心化，使物质世界、人与人之间的关系具有隐喻、象征的意义。艾略特说：“真正的诗人，可以写出那些还未曾在他身上发生过的体验。”这说明诗人描写的经验完全可以是想象的，或者说，想象本身即是经验。诗之梦象，对常规思维来说或许是怪异的，但这些想象的逻辑的快速转换恰恰证明了艺术是一种富于创造性的反常。反常思维需要一种“想象的秩序”和“想象的逻辑”。相对于常人所熟悉的秩序和逻辑，“想象的秩序”和“想象的逻辑”一定是非理性的、非逻辑的、非秩序、混沌朦胧的。恰恰是这种反常规闪耀着一个个微妙的瞬间。《梦象之门》的诗句充满了矛盾和悖论，这不是为了展示撕裂，而是为了一种更大的融合，融合是一种诞生，生与死对立之后的诞生。

无论是韵律或节奏，诗都是音乐性的，因此诗具有天然的听觉想象力。恰恰是这种音乐性或视觉想象力淬炼出诗歌语言，心灵世界是一个波动的世界、节奏的世界，诗歌就是诗人内部生命与宇宙意志接触时一种音乐的表现。因此诗韵是一种心声。歌德说：“不是我作诗，是诗在我心中歌唱。”诗句的节律里跳动着诗人的脉搏，活跃如波澜。优美的诗中都含有音乐、含有绘画。心灵的空间是无限的，这意味着心灵图景的“库存”清单也是无限的。心灵世界是由心灵图景构成的，但心灵图景只能通过梦象呈现出来。艺术是游戏的更高形式，无论是诗还是画，其内容都是由形式决定的。“内容”是“形式”的产物。也就是说，所指是能指的产物。所指是能指复杂游戏的结果。

心灵是创造之母，但能量却来自无穷和混沌。诗人和画家需要一个充满神性的对立的声音。在诗人和画家与魔性的较量之中，将无度无形的东西转化成有形的心灵图景。这些图景可能是思想、诗行、符号、色彩、线条、韵律等等，并形成梦象，至此，理性完全化解为迷醉，文字或线条变成了音乐。诗之韵律、画之气韵是天使的呼吸，诗艺、画艺都是在永远泛滥着智慧与快感的琴弦上的遐思。神性是通过诗性得以成为神性的。没有诗性就不可能有神性。诗与画不是心灵内部的一项发明，而是创造心灵。不存在诗与画的源泉，因为整个心灵都是诗意的。正如徐志摩所说："我们信我们自身灵性里以及周遭空气里多得是要求投胎的思想的灵魂，我们的责任是替它们抟造适当的躯壳，这就是诗文与各类美术的新格式，与新音节的发现；我们信完美的形体是完美的精神唯一的表现。"诗人不可缺乏形式方面的想象力，否则将丧失"诗骨"。

梦象将神性与现代性融为一体。诗意可以通过内宇宙的神秘力量不断再生。语言虽然不完美，但它是脱离心灵苦难的唯一方法。语言是现实与存在的载体。通过这个载体，足够多的"黑暗"和"沉默"转化为诗句。帕斯卡尔说："不要责备我们的不清晰，这是我们的职业性。"其实诗之精髓恰恰存在于不清晰之中。这种不清晰是既朦胧又准确的。在这种不清晰中呈现出新的可能性。《梦象之门》是在梦与醒、意识与无意识之间的边境探索的结果。无意识是我们的灵感之源。当然灵感不局限于无意识，也离不开意识、潜意识和想象力的结合。无论是诗之梦象，还是画之梦象，显露出的是我们对新奇的迷恋。这种迷恋经常体现在对立面之间的游戏关系上。在许多诗里，肯定和否定、是与非、有形与无形、虚与实、运动与静止、有声与无声等等，是呈现在一起的。世界就是由这种对立构成的整体。梦象打破了对立物的包围，当诗人把最不一样，甚至最对立的事物混合在一起时，心灵世界的和谐反倒突显出来，从而通过强烈的反差所赋予艺术的热烈氛围而更真实地进入梦象世界。

梦象主义以表现内在的真实为宗旨。为此，诗人和画家以拼命挖掘自己生存根源的精神在理性、现实的厚墙上打开一个大缺口，然后纵身跳入潜意识、无意识、梦境的幽深处，努力呈现梦象的活力和图景，探测内宇宙无限的秘密。在心灵世界，诗人和画家看到了宇宙的奇异和相似性，心灵犹如造化，以至于感官的兴奋与梦境的启示混淆在一起。思想和行动、形式和内容、批评和创作、意识和激情、自由和束缚、梦与醒、是与非、虚与实等等汇聚于此。通过感觉“梦象”的“灵魂”，诗人和画家的意识、潜意识和无意识的个性终于获得和谐。时间也终于变得真实。至此，我们可以说，梦象必然是诗人和画家在超越自我的纵横驰骋中最灿烂的一笔，最光辉的篇章。

目录

contents

创作

文字闪烁着金属的光泽，

这便是掷地有声的创作。

美术馆的大厅空旷而开阔，

洁白的墙壁挂满自我。

未知的旅途充满了饥渴，

沙漏是舞台上唯一的陈设。

从不为门庭冷落而难过，

艺术必须经过笼子的检测。

或许要成为一个殉道者，

流淌的月光为葬礼讴歌。

梦象的水波光芒四射，

一片树叶华美地飘落。

心头的浓雾将空谷深锁，

意识的垂柳在细雨中婆娑。

我进入影子躲避时间的压迫，

尽情临摹梦象的夜色……

悠然见南山
乙未晓芳

魔方

每一部杰作都有宇宙的痕迹，

其实直觉是意识对灵感的速递。

读者渴望在寓言的故事里游历，

真正的作家有能力创造自己的先驱。

心觉成了报晓的雄鸡，

梦象更是生命的典礼。

偶然为艺术提供契机，

挑战命运的魔方只需一支画笔。

风格是一种即兴发挥的文体，

突破传统也会声名狼藉。

只要揭露能量的谜底，

定能横扫绝望的情绪。

一切废墟都令人拍案惊奇，

思想通过火焰展开双翼。

梦象之光令灵魂战栗，

悠悠天籁便是浑厚的大地……

心灵的奏鸣曲

我听到了一种神秘的未知频率，

一些略带冷漠飘忽的旋律。

和声细腻却毫无逻辑，

如同情感丰富的色彩一般神奇。

是阳光振动了敏感的空气，

那非尘世的天籁由水波般的流动引起。

我伴随着那古怪的泛音对琴键敲击，

灵魂会发出一种共鸣式的欢喜。

我深知这是来自梦象世界的奇异，

我用那些未知的频率描绘了一部天书般的画集。

这绝对是心灵的奏鸣曲，

旋律中散发出创造天地万物的奥秘。

火与天空有着本原的联系，

女性的象征是月亮和大地。

我向往的境界澄澈静谧，

梦幻、朦胧、优雅、神秘……

喧闹的孤独

倾听如涌动的雾，
呼吸触摸着耳鼓。
坠落时梦把我们接住，
从此灵魂高悬于山谷。
在联觉中色彩就是一个湖，
思想的种子漂浮于湖海交汇处。
芦苇在诗人的脑海中成熟，
灿烂的梦象如辉煌的日出。
阳光在通感中起舞，
鹰一般的词汇却无法抓住。
纸上覆满了擦不掉的音符，
气韵宛如户枢。
遥远不再是遥不可及的事物，
一场独创的起义就发生于诗歌的内部。
用花粉涂抹翅膀是一种颠覆，
喧闹的孤独喷泻而出……

一切归阴

穿过意象群的丛林，
脚步的低语十分迷人。
梦境燃烧着前进，
本性借梦还魂。
聆听流星降落的声音，
梦象创造了星辰。
用神魂颠倒等待夏日的来临，
意识中的创造与毁灭并存。
魔法包围了悖论，
透过宁静的裂缝可以窥见通往神话的大门。
孤独中爆发了沉沦，
以蒙太奇的手法记录呻吟。
临近遥远，人是一粒微尘，
不朽可以证明宇宙是心灵的摹本。
黑夜围绕着女神，
天亮后，一切归阴。

意义

我视觉的有形终将要与时间的无形重合，

心中的激越如一支细箭穿透了白色。

颤动的光线证明了梦的另一首歌，

走出自我的我必将邂逅另一个我。

落入尘埃的名字逐渐干瘪，

我捡起一块石头权作火的外壳。

通过呼吸对起源探测，

激情化作血的漩涡。

拥抱因形式而获得，

风最了解石与石之间的触摸。

万物的形象可以浓缩成一个，

规律也会潮涨潮落。

先知就住在梦象之国，

耳膜里环绕着神话传说。

折射暴露了赤裸，

意义绝不允许沉默。

夢多き涸
海の夢夕
戊戌初秋
　晴方

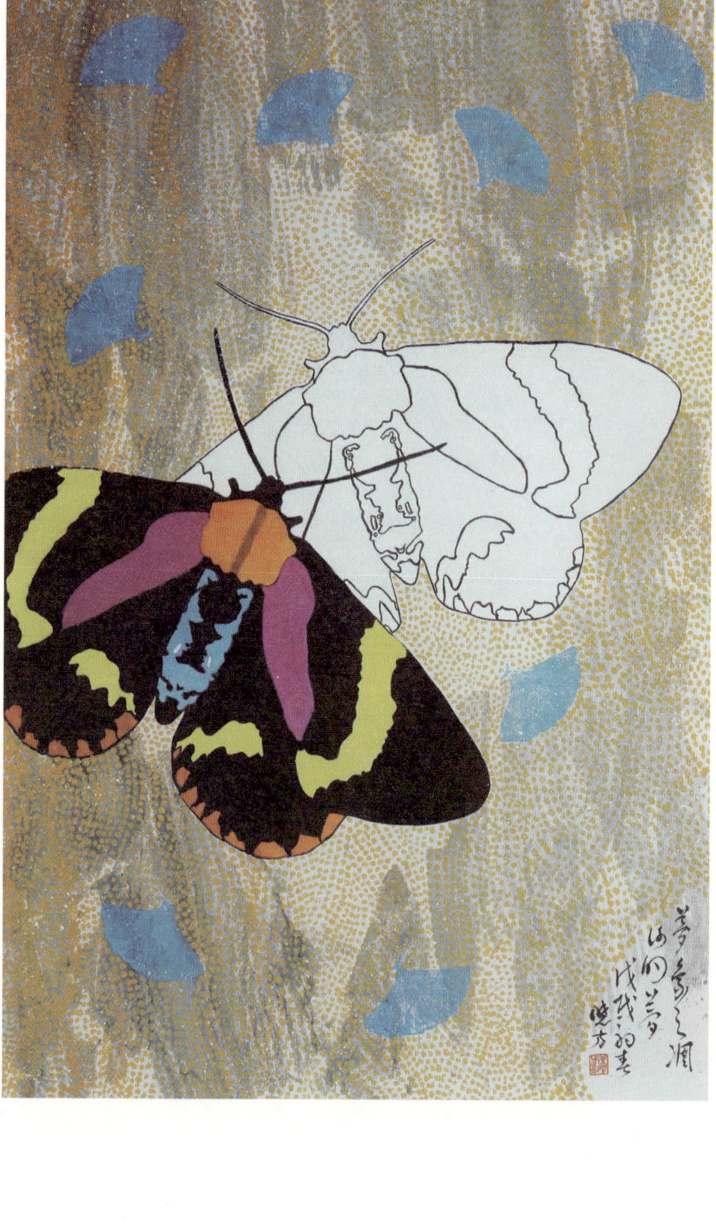

奇异的湛蓝

孤独的呐喊打开了天空，

奇异的湛蓝窥视着魂灵。

归于阴影的灰烬等待着一次新的觉醒，

泛滥成灾的口水淹没了梦象的踪影。

一朵炽热的玫瑰陷入了被神化的窘境，

疲惫的词句无力组建魔幻的迷宫。

诗人聚精会神地凝视自己的使命，

用忘却筑起的丰碑却将记忆聚拢。

挽留诗人的歌声来自夜莺，

动人的诗节在一个个瞬间中穿行。

源于古老的单纯史诗般的永恒，

月亮始终照耀着未卜先知的迷蒙。

预言的痕迹已经留在镜中，

纷至沓来的喧嚣磨损了真诚。

令人毛骨悚然的梦魇一直在传诵，

全部星辰的图景皆为幻梦。

无数的时刻

丰厚的废纸上记满了玫瑰的凋零，

狂热的谶语占据了艺术的屋顶。

分崩离析的遗忘散发着黄昏的凝重，

晚霞夹带的灰烬是入梦之前的象征。

轮回无始无终，

循环不记里程。

最后一击即将完成，

漩涡组成了另一个时空。

荣光的深处有数道裂缝，

梦象在裂缝中策马驰骋。

灵感是一道精准的彩虹，

浩渺的心灵寂静蒸腾。

哲理和闪电是血液里的激情，

火焰的方程式里有宝藏般的幻梦。

任何相遇都充满了不确定性，

无数的时刻有无数命运的穹隆。

经外经

神话早已被时光磨平，
天使与魔鬼也如过客匆匆。
至善之光映照的是昔日风情，
混沌的力量沉沉的恬静。
我已无从知道心灵苦难的情形，
金木水火土的混合物不再相克相生。
用一个线团充塞新辞源的核心内容，
梦象囊括了所有的迷宫。
有人在一场酣梦中对我指名道姓，
巫师用栅栏围住了期待中的惊恐。
灵魂的舞蹈逃不过诗人的眼睛，
一个女神的眼神就藏在诗句的韵律中。
名字是一种结晶，
抚弄琴弦的手指讲述着空不异色、色不异空。
关于一个死人的歌谣是一段经外经，
任何可歌可泣的过去都潜存着不可捉摸的神明。

目眩之后

一个语言的宇宙旋转为梦象，

带入敞开的是心灵的力量。

目眩之后流动的火焰变成了泥浆，

透明的沉默必然是一种独特的境况。

生命的多层面升起了泛着浪花的渴望，

无法触摸的音乐性弯曲了阳光。

舞蹈闪烁着纪念碑式的理想，

心灵最容易被不可言说的东西所伤。

每一种宁静都是独创，

被时间吞噬的只能是模仿。

用无数矛盾筑起墓葬，

节奏的韵律透露出阴阳。

环形的诗句如潮汐一样，

螺旋上升的视觉总能抵达地平线之上。

阅读的几何性莺飞草长，

创作者无从知晓另一个意志来自何方。

一分为二

唤醒火热的灵感得益于经年累月的困惑，
绵绵的芳菲在另一扇门外散播。
拼命揪住那些伸向无限的线索，
将自己一分为二方可获得真正的解脱。
梦象之河在纸的边缘流过，
诗人的灵感在绵延的绿色中穿梭。
用潜意识之火煅烧一座符号的星座，
言外之意只有沉默。
拧成一团的是五颜六色，
所谓复活就在翻开书页的那一刻。
秘密源自一切含糊其词的言说，
不可言说的往往最为深刻。
石头和羽毛是天作之合，
每个人都既是自身又是他者。
是思想将目光变成了一种触摸，
湿润的黑暗被浓稠的细语淹没。

本能的力量

在破碎的青花中寻找一个瞬间，
一张自焚的脸深陷昏睡的泥潭。
失去流动性是水最常见的局限，
摔倒了又站起来就是勇往直前。
毫无疑问，存在的基础是光线，
抓住了光就抓住了描绘梦象的语言。
用光芒拓展宁静的空间，
诡异的笑声来自月亮的背面。
类似心跳的序曲诉说了旋转的梦幻，
忙忙碌碌的琐事应和了空灵的鼓点。
风与骨的摩擦弹奏的是心灵的键盘，
轰鸣、爆裂、苍凉、哀叹，
丰富多彩的音效令人紧张不安。
又是一年光阴的流转，
本能的力量继续繁衍。
沉默被一次次地冒犯，
风化的石头是时间的碎片。

昼与夜的关系

镜子上的裂缝像一条条夜的痕迹，
或许光线就源自这里。
坐在门槛上的太阳摇摇晃晃地歇息，
黄昏阐释了昼与夜的关系。
谁也无法抓住镜子里的自己，
我却捕获了双重性的含义。
总有一天我将与镜子合二为一，
镜子的反面连接着梦象的根系。
幽灵从镜子的深处崛起，
膨胀、扩张的面具彰显着魔鬼的生机。
迷宫的种子撒满了地狱，
未来的谷底布满荆棘。
打碎的镜子变成了无数面具，
惊奇和怀疑从心中升起。
一切阴谋的流淌都将继续，
在蜿蜒缠绵中摆脱敌意。

梦岛之瑶池
丙申春晓方

灵魂的尘埃

我用名字积蓄秘密的力量，

灵魂的尘埃已堆积成梦象的广场。

树木的脚步向时间的反面流淌，

自由就是盲目地繁衍灰烬和遗忘。

呼吸的范围悬置于深渊之上，

绝对的闪烁照亮了苹果腐烂的欲望。

春天的短语由群鸟送向远方，

只有诗人可以将是与否同时插上翅膀。

孤独一直在灵魂中存放，

谎言同怯懦一起生长。

激情犹如一个盛着火的箩筐，

女人与宇宙的相似性一如料想。

意识之眼沧桑而空旷，

瘟疫之火越烧越旺。

对抗的走廊异常荒凉，

远眺必须原创。

水乳交融

夜色加深了柔情，

灵与肉含混不清。

连周遭都变得过于激动，

感官的兴奋在启示中化为梦境。

爱与梦水乳交融，

节奏既轻抚又强硬。

一条迷狂的河早已失明，

螺旋形涟漪是光的回声。

梦象的星星之火在地平线上干渴地跳动，

一半的惊讶被两个面对面的身体悬空。

床铺一片泥泞，

生与死分摊了罪行。

裸露是一种心声，

正午溶解了死亡的面孔。

遗忘令人生完整，

记忆在琴弦上颤动。

素与简

未来早已发生，

过去在彼岸中穿行。

梦的另一边有一个永恒，

虚空并非梦境。

名字像散落的星星，

灵魂是排列组合的瞳孔。

时间开发了旅程，

景色蒸发了象征。

梦象开始汹涌，

废墟即将升腾。

灿烂的正午高举着时钟，

一个意识停在了空中。

芬芳是素与简的明证，

用素描呈现整体的场景。

圆满在光线中颤动，

白色与阴影共鸣。

时间之岸

我的到达尚在远方，
时间在我的动脉里荡漾。
一个个日期四处游荡，
最终都汇入我的心房。
我是一个无法实现的梦象，
风与沙陪我到处流浪。
人类的生生死死构成了天堂，
焚烧发生在水的中央。
空气、水、土地、风无不统一于太阳，
不朽在时间之岸上来来往往。
他人的目光汹涌流淌，
正午是我冥想的海港。
我梦想写出透明的文章，
每一次阅读都能看清内脏。
白昼在思想中深藏，
绿色像火焰一样张扬。

光感

存在被梦象点燃，

面包与岩石相连。

没有面孔的视线触摸到了遥远，

光感就是答案。

人性在一天天变圆，

一分为二的面具麻木了夜晚。

一些征兆纤弱地摇颤，

月亮的明暗预示着心愿。

回忆是即兴的涌现，

灵感躲躲闪闪。

光线在焦虑中困倦，

遗忘燃尽了焦点。

胸怀像苍穹一样悠闲，

狂想创造了时间。

词语左顾右盼，

憔悴的梦想在韵律中像沙丘一样浩瀚。

墓志铭

花瓣丛中有梦幻般的脸，
痴迷花香的人患上了哮喘。
墓志铭上涂满了对名声的厌倦，
生前却高居于道德的制高点。
时代整洁体面，
梦境过于魔幻。
行人匆匆擦肩，
影子忽隐忽现。
苔花间流水潺潺，
水底有走投无路的火焰。
余生尚可观天，
梦象孤灯一盏。
迷途中有彩虹惊艳，
佛光环绕心间。
造物主从不疲倦，
诗人在雕像前安眠。

形式之内

时间如瀑布般垂直涌流，

历史的坠落没有尽头。

寻求，又重新寻求，

从正面到反面竟无需绕着走。

由夜晚想到骷髅，

灵魂的箱子里堆满石头。

阴影站起来堪比海市蜃楼，

偶像的纪念碑纯属虚构。

用咒语繁衍灵与肉，

轻轻推门需要节奏。

在括号内描写梦象之舟，

精心绘制思考的手。

形式之内完全自由，

日历包含着神话结构。

后退并非阴阳错谬，

刻在石碑上的名字早已发臭。

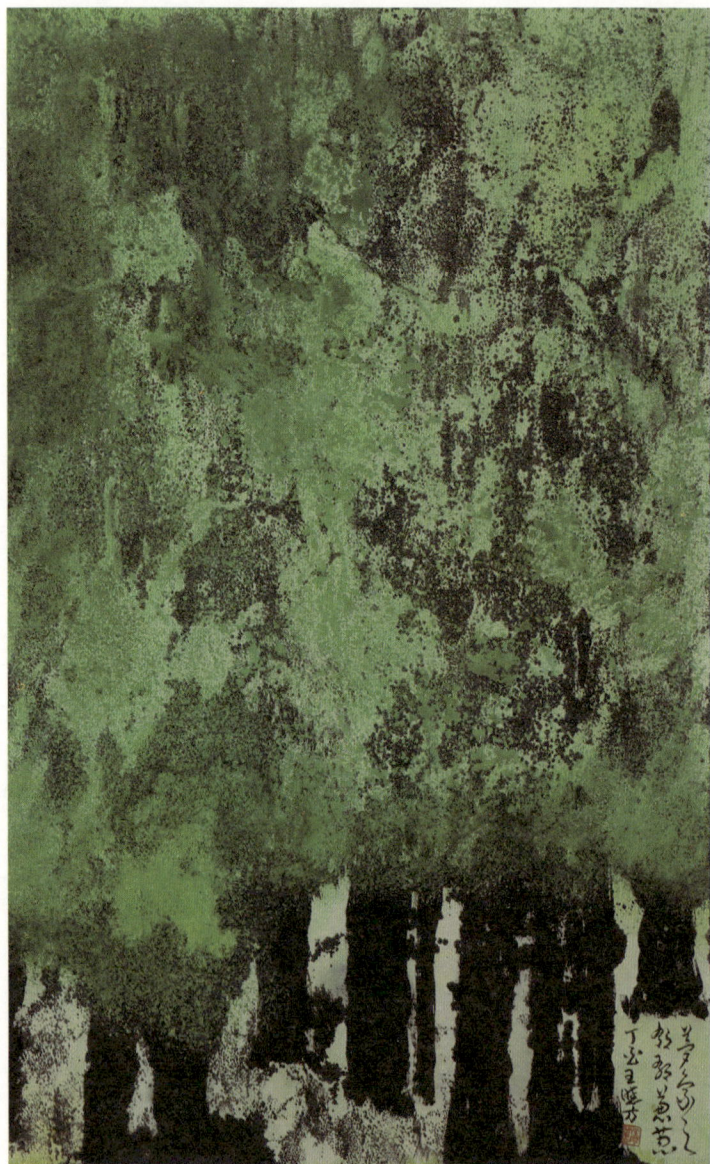

燃烧的要素

以阳光的名义退出，

去寻找黑夜覆盖的沃土。

在这个世界上沉重的不只是美人的迟暮，

还有英雄的裹足。

意义在“虚”中转“无”，

谁知涅槃是不是鸿福。

我只知梦象像一棵参天大树，

只有燃烧才可提升维度。

诗是一种直觉性的答复，

无声的天籁是留白后的薄雾。

在盛宴中吞下庸俗的光谱，

视觉唱片的主题越来越模糊。

用痛苦堆积真理之骨，

从缝隙进入白昼之书。

我无法说出旅途的全部，

但我可以提炼燃烧的要素。

独自凭栏

我们从未离开过起点，

生命不断编织着循环。

瞬间被光芒刺穿，

寥寥数语便将爱与欲点燃。

镜子与匕首闪烁着火焰，

菩萨与和尚端坐于草庵。

三个人六个侧面，

不知谁将西出阳关。

月与酒浑然，

云与水唱晚。

独自凭栏，

梦象无限。

甲骨上有文字却没有语言，

太阳的背面并非夜晚。

进入身体的是女人的舌尖，

只有旋转方可接近遥远。

失踪者

一滴火流向空洞，

沸腾的水超越了寂静。

心无法被风摇动，

魂却像云一样飞升。

没有谁不是来去匆匆，

火焰照亮了所有的神灵。

白色并不意味着剧终，

天光也并非来自于黎明。

松涛负重前行，

梦象犹如一只神秘的漂流瓶。

仙人掌刺破了万花筒，

失踪者行走在山谷中。

崩溃在喧闹中发生，

幸存是一种使命。

探险队成功躲开了陷阱，

尽管方向不明，却仍然引人入胜。

天际线

我以呼吸的韵律解释世界，

梦游中对白色过分殷切。

用小提琴的温情演绎一次化蝶，

每一个音符都在描绘冲出天灵盖的夜。

梦象层层叠叠，

正午正在倾泻。

为了避免白色撒满长街，

用绿色构建台阶。

我喜欢石头的碎屑，

可以打磨成一颗颗婚戒。

生活就是一次次的离别，

天际线落满了象征性的红叶。

清除余孽，

小说开始终结。

朦胧早已断裂，

我身接近幻灭。

梦痕

阳光打湿了我的心，

水蒸干了我的泪襟。

我的灵魂时常发出幽灵般的声音，

梦象王国早已被阴影入侵。

凋零的边缘飘浮着悠悠白云，

时间的废纸篓里堆满古今。

我对灿烂的黑暗早有耳闻，

至高完美的道德恐怖阴森。

眺望如同登临，

遥远宛若春深。

梦短天长不胜吟，

诗魔无处寻。

对月咏凡尘，

荡来荡去的秋千圆满清新。

用鼾声吹干梦痕，

一个蜂巢就是一个小镇。

宁静的形式

树木是凝固的火焰，
茂盛的影子到处播种偷窥之眼。
荒诞的臆测也可以捕获命运的机缘，
观天的人可以品尝有味道的光线。
巨力万钧的诗句左右了风的旋转，
生与死等同于动与静当然是一种价值观。
沉睡的光明喑哑了辽阔的久远，
宁静的形式是一种用密码编译的画卷。
用呐喊诠释哑然，
将鲜血演化为光源。
越是森严有序越是混乱不堪，
透明的直觉便是一种独特的语言。
梦象就在水与火之间，
一个纯洁的黎明碑文般的简练。
阳光、河流、石头、沙滩，
何处不是话语的谜团？

不可名状

在无言的花蕊里絮语，

嗅到一股和肾上腺素相关的气息。

从断壁残璋中透视感情的废墟，

消失在影子里的影子出现在暧昧的名声里。

我梦见拥有梦象者的灵感或诗句，

素馨的闲适藏在了文字圣殿的心底。

类似几何的语言冒出不可思议的韵律，

从昏睡的深处刨出了童话的深刻意义。

梦寐悄悄地溜出了书脊，

不可名状的失落在门槛上迟疑。

新的作为是用梦象编织时间机器，

精彩的绝望就是对失眠的极度痴迷。

我的声音一直渴望逃离我的肉体，

却不知无知的高傲是编织神话时的一种恶癖。

复活从来都没有先后顺序，

掠过我的是失之交臂的玫瑰花期。

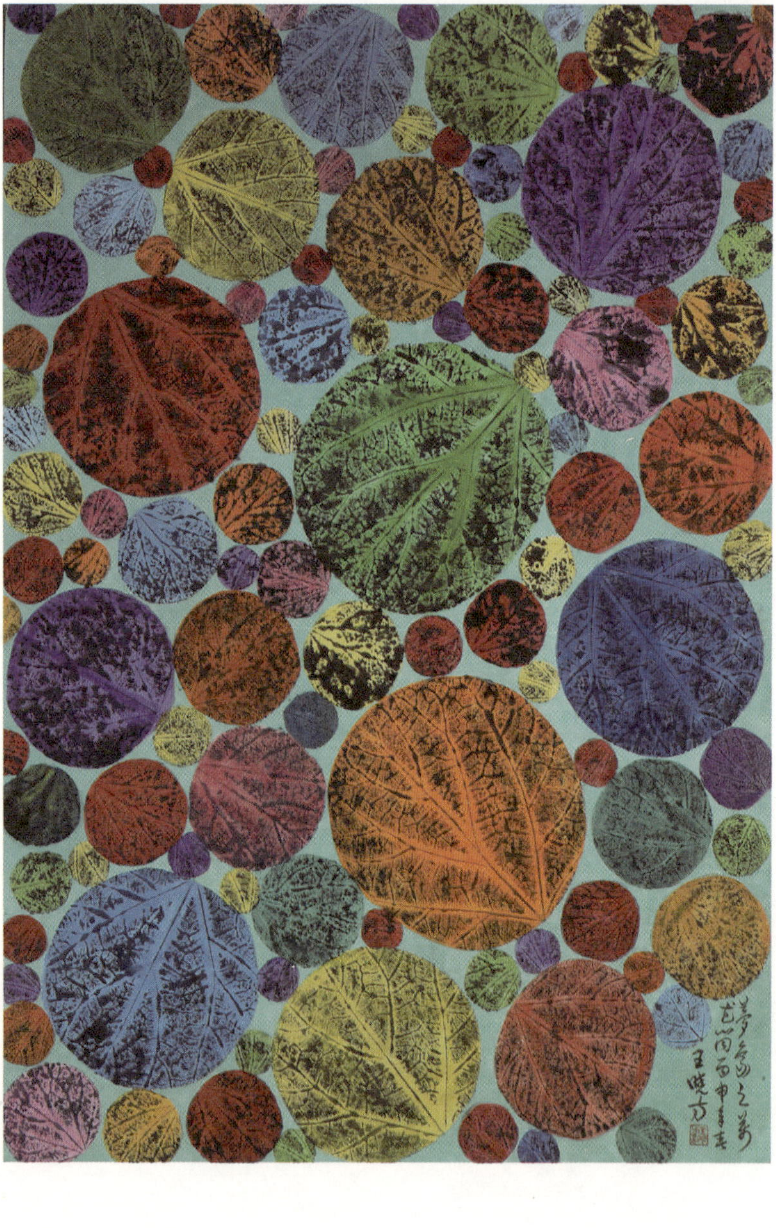
王晓方

真理的脚下

在两个疑问之间保持沉默，
这是灵魂返回星辰前的最佳选择。
在真理的脚下有一条怀疑之河，
每一段文字背后都有一些密谋者。
一个词的韵味有许多琢磨不透的组合，
晨曦和晚霞的本质无不是充满心智之光的夜色。
脉搏的每一次跳动记录的都是瞬间的定格，
为噩梦起一个优雅的名字或许就能成为悉达多。
顿悟高深莫测，
思想日月如梭。
先哲的影子早已被黑暗所吞没，
一面镜子便将梦象全然概括。
是坚硬如水的形式支撑着世上的浩繁的著作，
无极的时空永远没有最后的时刻。
不必为指南针的神秘特质而惊异和错愕，
水的世界总有一天会变成骨的王国。

渗透

掠过我的是一切运动的来源，

遗失在十字路口的器皿装载着我的灵感。

不断叠加的白昼力量无限，

浩大的光辉呈现出的是梦象之天。

传入诗人想象力的是幽灵的洞见，

超越火和空气而上升的是无梦的睡眠。

虚妄的物欲能在所有的角落流连，

万有引力的和声可以在画布上呈现。

灵魂的喜悦被深奥的心智点燃，

与神性合一的是宁静的昏暗。

红宝石一般的云容纳了我灵魂的碎片，

同天堂相似的王国只存在于诗人的心间。

与众不同的图案渗透出目光的温暖，

被遗忘的芬芳以挽歌的形式唤醒了童年。

我要从爱的纠缠中将古老的敌意把玩，

我要用万花筒构建一间看得见梦象的房间。

深呼吸的人

用一小勺蜂蜜涂抹一朵水上的睡莲，
穿衣镜折射出陷于流沙的情感。
迅雷不及掩耳的隐喻遮住了双眼，
淡漠的惆怅与烟草汁般的苦涩互相遮掩。
破碎的书页里记载着诗人的呓语狂言，
由名字组成的一堆灰烬仍然冒着缕缕残烟。
唯一幸存的元素周期表早已残缺不全，
诗人的遗言宛如切碎的生姜辛辣驱寒。
被玫瑰花刺划破手臂的情种最终心脏感染，
被生的阴影笼罩的死者感到痛苦不堪。
一只快乐的跳蚤从不畏惧锋利的玻璃片，
切肤之痛越深越令人向往黑暗。
为了梦象每一缕阳光都在卧薪尝胆，
长在坟头上的野花无不争奇斗艳。
深呼吸的人有勇气扮演杂耍演员，
呕吐的奥秘令人心惊胆战。

摇晃的光晕

在幽暗里颤动的是幽香的玫瑰，

唯美的诗句像镜子似的一摔就碎。

用花束轻轻抽打坐在膝盖上的美，

精心设置的叙述圈套提升了凝视的品位。

刻骨的忧伤宛如一杯放久了的蒸馏水，

情色文字仿佛慢慢喘息摇曳着的玫瑰花蕊。

痴迷于维纳斯那只断臂的女人为情所累，

倾听一幅画的含义令人沉醉。

摇晃的光晕凋零之后有人立了墓碑，

不可一世的名人称号经不住死神的玩味。

一个小说世界的背景衬托出无数盗美之贼，

沾在女人赤裸大腿上的露珠透出了深邃。

万众景仰的骗子或许比圣人高贵，

以谋杀的名义扣人心弦的诗人绝对不是魔鬼。

口是心非的人打通了雅俗之间的壁垒，

痛饮梦象之光后人生无悔。

幽香如迷

光线舔着我的诗句，

万物充满敬意。

睡眼惺忪地随心所欲，

黑暗被驱离得气喘吁吁。

为幽灵准备的演出一切就绪，

每一根琴弦都童话般地战栗。

在调色板上寻找梦象的痕迹，

流水般的静夜只需寥寥几笔。

眼睛的迷离筛出思想的沙粒，

心中的炽热流过意义的陆地。

所有的假设都故作扑朔迷离，

突然冒出来的路标增加了疑虑。

痛苦的纤维散发出丝丝绿意，

我的眼泪侵蚀了伤口淫荡的动机。

孤寂是烟花盛开后的静谧，

颂歌唱罢幽香如迷。

灵魂的感知力

用灵魂的每一块褴褛装饰一片荆棘，

绝望与希望令人眼花缭乱地交替。

埋在记忆中的诗与时间并驾齐驱，

灵动的感知力只比空无一物多一点点稀奇。

停滞中挤满了潜在的继续，

一丁点的声音都可能点燃梦象的奇迹。

衔着火焰的巨鸟向坟墓致意，

真相燃烧后变成了谎言的尸体。

一个根本性的矛盾被灵魂之弓驱离，

其实真相就是我们自己。

救赎不能指望最高一重天的情欲，

窗外那道拱门藏着美与丑的秘密。

恋曲诞生于一阵痉挛之余，

潜在的连贯性恰似一场泼墨般的瘟疫，

空旷的头颅战栗而去，

被阳光刺穿的视线早已大汗淋漓。

编织天体

活生生的神话握在诗人的手中，
生花的梦象联通黑暗的苍穹。
编织天体的快感疯狂运行，
未成形的怀疑阡陌纵横。
激情的病菌侵蚀着能量的神经，
一个崭新的世界仿佛就在冥想中诞生。
顶礼膜拜一个虚构的英雄，
妙笔将祭坛变成了一个个行星。
一池静水映照出深不可测的虚空，
与世无争的心灵风情万种。
其实人生是一次永远无法结束的旅程，
逐渐逼近的晨光就是最有力的证明。
眺望或许是一种充满热情的倾听，
宇宙早已幻化成诗人的魂灵。
光线刺痛了忧郁的神情，
如影随形的恐惧沉睡入梦。

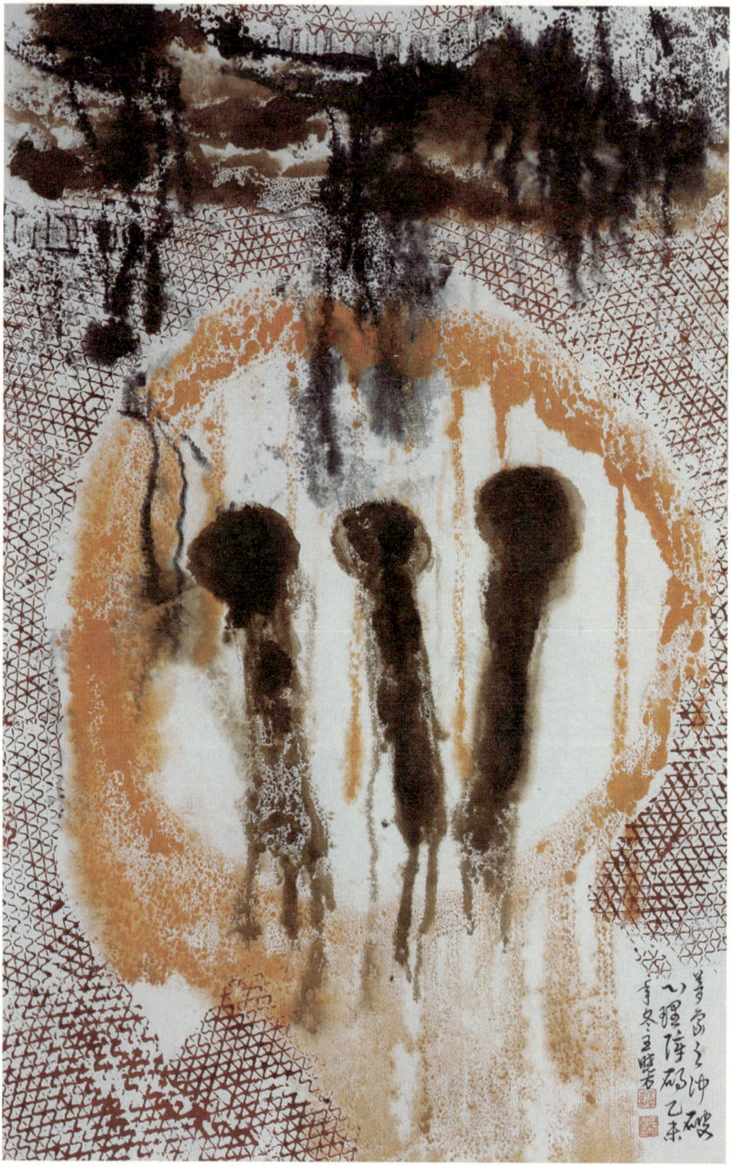

表白

既然我只剩下了未来，

何不将记忆与遗忘彻底抛开。

当下虽然摇摇摆摆，

但此刻我只能立足于“现在”。

我用语言清扫布满灰尘的时代，

咽下吉祥数字后对风水仍然无法释怀。

于是我借助梦象云游天外，

收集蛛网过滤尘埃。

我对疯人院充满期待，

正如我对疯狂本能地崇拜。

沉重可以减轻我畏死的悲哀，

麻木更令我主动向平庸卖乖。

一手遮天也无法蒙住眺望远方的高台，

对晨光我从未停止过示爱。

玫瑰梦里也曾在十字路口徘徊，

但最终我发现凝视才是最厚重的表白。

聆听万物

喧嚣的宁静敲击着窗户，
躁动的心聆听着万物。
深沉庞大的懊恼聚拢着孤独，
一望无际的蓝色单调麻木。
预言家的声音循环往复，
没有名字的游戏层见叠出。
眼神迷离源自透不过气来的虚无，
动人的歌声像闪烁的针尖儿穿透灯火阑珊处。
一波波的阳光扫过心路，
在向晚的光线里接受祝福。
用祈祷清除头脑中干燥的沙土，
弯曲的意志被一根拐杖征服。
破晓的风耀眼而毫无热度，
鬼鬼祟祟的周遭审慎地玩味着冷酷。
酣睡里荡漾着阴影的痛苦，
逝去的梦象越来越模糊……

落地的灵性

从柔软阴沉的宁静里拉出银线般的音调，

催眠似的弹奏在颤动中拔高。

纯洁而原始的幽光笼罩着周遭，

念力抵达之处散发着爱的味道。

无常就像是两个同谋者的会心一笑，

“必然”无法满足人们对谜底的需要。

繁华留下的骨骸在月光下闪耀，

鬼魅般的暗示惊飞了黑夜中栖息的孤鸟。

游戏是通往梦象的一条通道，

从杂乱的枝节碎片里也许能破解宇宙构造。

或许一则动物寓言的丑陋插图里埋伏着崇高，

揭开真相的感觉并不美妙。

玄想的星辰被梦中梦缠绕，

灵性落地是静坐的技巧。

纯粹的冥想会连接无限的深奥，

觉醒的交汇点像萤火虫一样渺小。

梦的深处

拐弯抹角的虚伪总是与怪力乱神的谣言为伍，

曾经燃烧着火焰的双眼正承受着被流放的痛苦。

翻开书页猛然窥见了一个宇宙的孤独，

抓住黑夜畏缩的瞬间实现了与死亡拒绝者的会晤。

雨水撒下了梦象的精确参数，

一种厚实昏黄的温暖指明了道路。

无法控制的笑容掺杂了魔咒与护身符，

一只僵死的蜗牛被超乎常人的直觉超度。

沉默旋转于梦的深处，

恐惧像电流般横行于江湖。

那些鬼魅似的阴影群魔乱舞，

平庸者最渴望的是天才丧志于玩物。

诗兴的能量爆发于一颗怯懦的头颅，

白发的种子滑过河流发亮的脊背扎根于黑土。

贴近大地的意志发端于远古，

战士的动机在长途跋涉后归真返璞。

虚无的河边

苍白以风的形式呈现，
这是诗人留下的唯一遗产。
开窗，后花园却不在眼前，
不断增长的词汇占据了空间。
月亮的影是夏夜的帆，
遥远的心是梦象的船。
一个个脚印装满了童话的摇篮，
彼岸的目光是一块响亮的光斑。
历史是一张张面具般的脸，
隐士的剧本成就了南山。
东篱之下不断地举办菊花展，
搭起舞台的不是石块而是栅栏。
意念通过一根根芦苇相连，
灵感立于虚无的边缘。
笔名的意象志在高远，
酣梦之后诗满心间。

觉者的圆满

盗火者与光有不解之缘，

求索是一种光尘互染的生命体验。

唤醒自我是一种挑战，

从恐惧中解脱要直面深渊。

打开智慧顶层需要自性的融圆，

在无梦与有梦之间实现梦象转换。

背景噪音源自心灵的荒原，

指月之手究竟涅槃。

一张白纸囊括了高维空间，

自在使用的钥匙可以开启生命中的一切法缘。

觉者的圆满是一顶光灿灿的金冠，

本体的喜悦生出人生的些许欣然。

佛家的偈语点透了无梦睡眠，

心灵生态笼罩着绝对静止的光环。

徘徊在十字路口的灵魂需要一个气的切入点，

火种点燃后洪水并未泛滥。

水的骨架

我苍白的两颊印证了岁月的朦胧，
在生与死之间充满随意性的冲动。
妙不可言的枯叶诠释了寂静，
沉甸甸的爱如影随形。
乐池里的演奏告白了反讽，
十字路口传来了迷失的歌声。
灵魂期待一次漂亮的斩首行动，
诅咒噩梦者成了摇滚歌星。
蝴蝶在迷失的歌声中飞行，
旁观者的忧郁异常宁静。
括号合拢成一个圆形的牢笼，
囚禁是一场洗心革面的春风。
我的呻吟越来越僵硬，
梦象之舟在谶语的星空下航行。
未来的活力深陷险恶的漩涡中，
水的骨架擎起发酵的心灯。

统一体

琴弦强化了虚幻的自我感，

此刻的幽咽过于懒散。

宁静的观察者行走在当下刀锋的边缘，

知音在一瞬间脱离了时间。

瓦解历史的地方深邃而幽暗，

无时间的领域犹如翠绿的草原。

梦象是进入灵性殿堂的关键，

寻找地平线的蝙蝠一去不返。

脑壳深处的问题与敏感的神经无关，

象征统一体的天花板早已开始腐烂。

从思维中撤回能量为时已晚，

只有当下这个常数恒久不变。

本体的喜悦必须历经苦难，

在时间中没有救赎的灵丹。

所有问题不过是思维的虚幻，

来来往往的显赫会像蛆虫一样腐烂。

非显化生命

从长远来说，我两手空空，

浅尝欢乐与痛苦之后只能踽踽独行。

一个词就是一段旅程，

一个假设就是一盏路灯。

未来在分岔中合并了永恒，

无形的本质闪烁不定。

何不从内在感受身体的生命，

两个灵魂相遇不排除因与果的偶然性。

过客之间擦出的火花照亮了故事的原型，

进入非显化生命的大门无需签证。

意识从形式的梦幻中终于苏醒，

本体与万物合一于梦象之中。

找出隐藏的神性要用整个身体去聆听，

幻觉中的真实能量无穷。

从思维中收回意识或许要借助阴影，

一个无意义的小碎片翩若惊鸿。

思维空白

全神贯注地创造一种思维空白，

强壮的枯燥进入休眠状态。

空白的穹顶有一个能量充沛的临在，

对话会在思维和无念之间徘徊。

在时间内流连忘返会成为一种负债，

内心的自由只存在于时间之外。

不要让意识之火燃烧未来，

美好的梦象只能在停止思维后等待。

顿悟的光谱过于狭窄，

意识的形态千奇百怪。

一个微分子也能占据一个舞台，

沉默的间隙里有意象之海。

倾听是一种神性的胸怀，

合一的临在才是主宰。

救世主的幻象无需掩盖，

本体的密码应该重新编排。

观察者

意识阻止了思维的噪声，

宁静与天籁产生了共鸣。

灵魂被吸入一个能量充足的黑洞，

梦象从光的无限性中诞生。

灵性的力量无影无形，

不朽的领域蛰伏心中。

神圣的目标静止不动，

压抑的精神在垂落中上升。

地平线上没有真理的踪影，

浮游飘曳的蛛网是心绪的残梦。

不要将存在理解成诞生，

比任何经验更为基础的是如何创造宁静。

一定有一片超越思想的智性，

观察者说：不由自主是一种病。

不要以回忆的方式判断当下的事情，

从后门乘虚而入的人一直在偷听。

弯曲之后

分岔的道路在分蘖抽穗，
迷失在纵横中构成一种美。
忘却控制就打破了壁垒，
随心所欲需要高贵的智慧。
雷同的火焰无法匹配生命之水，
沉到尽头后才发现梦象的珍贵。
懊恼也化解不了镜子里的迷醉，
面具的表情故作深邃。
忏悔浓缩成一滴眼泪，
弯曲之后再也无法与笔直交汇。
词语在闪烁中像泡沫一样高飞，
鞠躬尽瘁者竟然罪恶累累。
盘根错节的迷惘里蜡炬成灰，
丰碑风化成一朵干枯的蓓蕾。
玩笑开过之后命运兴师问罪，
历史永远在黑与白之间轮回。

升腾之梦

一个异化的临界点散发出自由的天性，
蔚蓝的天穹却一片泥泞。
自然的逆子无视时间的永恒，
揭开心灵的帷幔迎接梦象诞生。
死水般的时光在风的叹息中躁动，
孤怀独抱的诗人渴望成为自由自在的云影。
人格的高贵在行事的谦卑里呈现平静，
高举失败之杯为偶然性庆功。
“绝对”与“必然”更多地存在于臆想之中，
“选择”何时摆脱过宿命的独裁特征。
一切都被偶然性所操纵，
自欺欺人的本质一向飘忽不定。
既然灵魂是一只僵卧悬崖之上的“死鹰”，
何不在残酷的温馨中享受人生。
无论是反抗还是屈从，
心中都应该高悬一个升腾的梦！

时间深处

脱离躯壳的眼睛跨过语言的栅栏，

却被一个由艰涩带来的诗句欺骗。

向梦象打开的眼睛心有不甘，

用目光抛出的一块块石头击中了昏暗。

回声里出现了波浪般的梦幻，

分岔于时间深处的风景渐行渐远。

坠落之翼在深渊之上伸展，

呐喊因目光的交错而实现。

漩涡是一个时空悠闲的片段，

厚重无比的黑暗回应了风情万种的错乱。

能量赋予意义正确的狂欢，

太阳的阴影在接近地平线时中断。

无法改变的线条局促不安，

痴迷于疯癫的诗人迷失了开端。

在纠缠的梦魇里庆幸苟延残喘，

某个来自内部的声音令人心惊胆战。

梦家之路
难的几花乙
来冬晓方

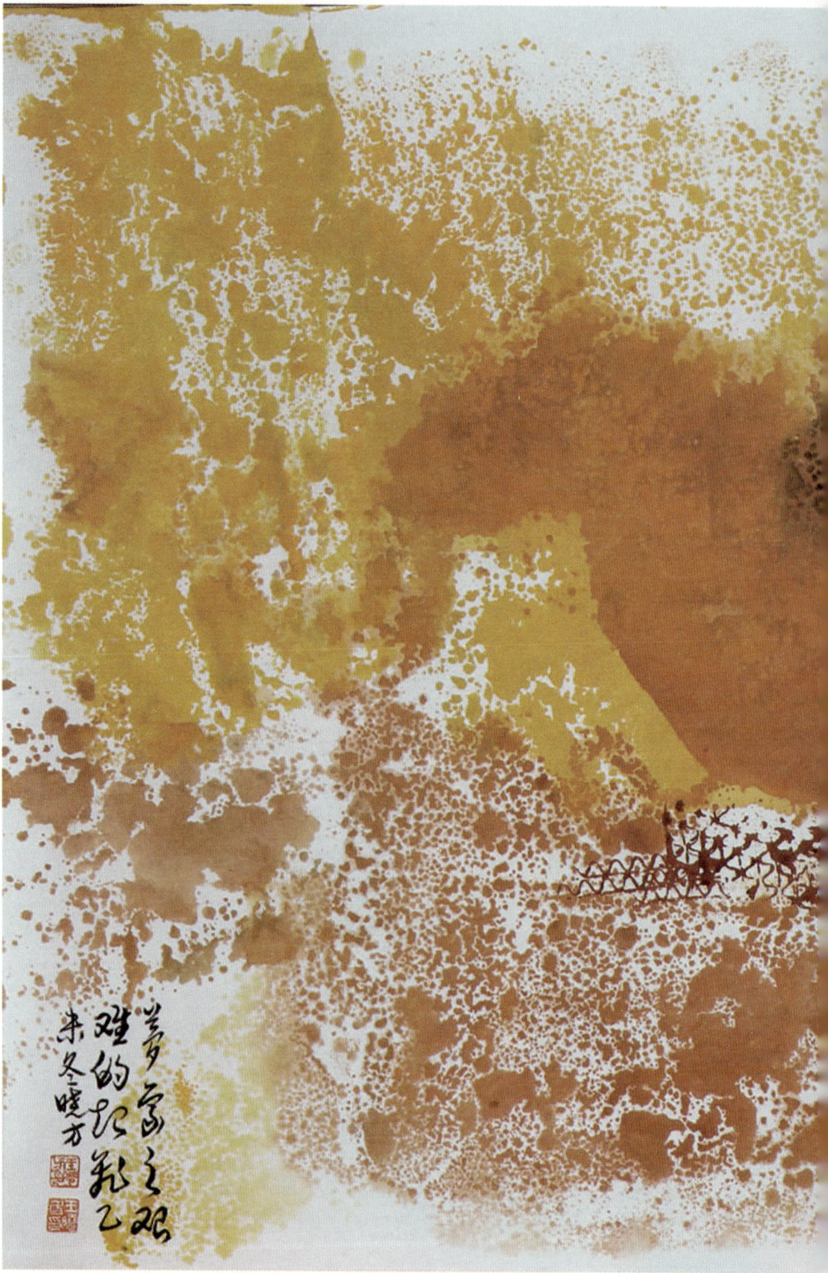

深度

在微乎其微的线条中抓住影子，

宁静以和声的方式构成音乐的形式。

留白支撑着虚构的真实，

一曲心声超越闪光达到极致。

搁浅在岸边的深度失去了代表证据的文字，

转移失望必须杜撰另一个故事。

天使的意志无需胭脂，

神话里从未缺席过未来的本质。

坚固的话语凸凹有致，

一段眩晕的攀登刚刚开始。

永恒的闲散控制着诗人的偏执，

撕裂的交流暴露了隐私。

梦象的手指播种了高维度的种子，

在诗歌中诞生了哲学的先知。

寻找证人首先要寻找证人的历史，

被文字填满的空无饱和了曲直。

象形文字

意识空旷得像一张白纸，
一个遗忘的错误就错过了历史。
抽象了我们思维的是象形文字，
简洁而美丽却纷乱了记忆的种子。
死亡是寂静的完美形式，
摆脱寂静的最好方法就是唤醒自我意识。
我们可以面对魔鬼的诱惑发个毒誓，
但誓言却被一堆毫无关联的泡沫所吞噬。
用沉默讲述节奏的故事，
用坟墓的深浅测量地利与天时。
被矩阵困住的是枯燥的诗词，
被时光洗去的是香艳的凝脂。
诗人对燃烧的屏障若有所思，
试图用诗句构建梦象的方程式。
然而巨大的贫乏判决了生死，
一个魅影就是一首序诗。

祭坛

黑暗的中心一片嘈杂，

宁静的边缘格外光滑。

撩人的轻颤不断叠加，

灼热的鼻息寻觅着风与花。

光怪陆离的心境并不在自我的控制之下，

蠢蠢欲动的魔性顺着灵魂攀爬。

激情在目视梅杜萨之后突然喷发，

极度兴奋的个性随着抛物线而爆炸。

在神的臂弯里拼命挣扎，

只有信神的人才可能成为幻想家。

诗人抖开了他最隐秘的想法，

他借助众神的声音创造了梦象神话。

令人迷醉的暗夜在深渊之上悬挂，

巨人般的冰块瞬间逆光如画。

内心的狂澜也可能演化成一盆老花，

被推向诸神的祭坛是诗人必然的代价。

蝴蝶效应

从词语中升起一双诗意的翅膀，
一系列巧妙的谎言为我们提供了希望。
彷徨于沉默与沉默的对立面之上，
一场客观动乱的煽动者无疑是太阳。
光芒在数学符号的痕迹中隐藏，
蝴蝶效应启动了梦象。
诗意的诱惑使哲学家惊慌，
燃烧过界的火焰异乎寻常。
如何将霾变成一种透明的主张，
在喜剧的舞台上却秀了一场沉甸甸的悲伤。
被随手抛弃的时间四处游荡，
一张破碎的报纸将真相埋葬。
枯叶的梦想仍然是飞翔，
宁静的力量无法估量。
索性和直觉较量一场，
简朴和陌生令人难忘。

想入非非

阳光是情欲织就的回响，
辩论发生在手术台上。
幽灵穿过一条条街巷，
想入非非的诗人坠入情网。
沉闷的节奏里闪烁着微妙的狂想，
含蓄的嘲讽里夹带了忧郁的诗行。
一声抽噎之后灵魂转化为梦象，
远处传来的笑声像礼花般照亮了围墙。
冬雪混淆了记忆和欲望，
所有的温暖都来自土壤。
鹅卵石浓缩了水的力量，
似火的激情漫过山岗。
诗人的床前并无月光，
门底下的风被香烟头照亮。
寂寥的笔尖生出寒霜，
干枯的风骨一如既往。

一团符号投向诗行

回响在无声之上，

空间就是崇高的上苍。

旋律是连接无声与崇高的桥梁，

真实是无法企及的理想。

用是与非搭建缪斯之床，

午睡时梦见了发情的月亮。

将阴影打扮成一个黑发女郎，

向起源于阴性的直觉敞开心房。

一团符号投向诗行，

意义在段落间起伏激荡。

诗人在语言之岸尽情地徜徉，

空白之处潜藏着梦象。

没有门只有围墙，

围墙上到处是闪光的包浆。

确立方位需要张开手掌，

在眩晕中可以获得一种模糊的解放。

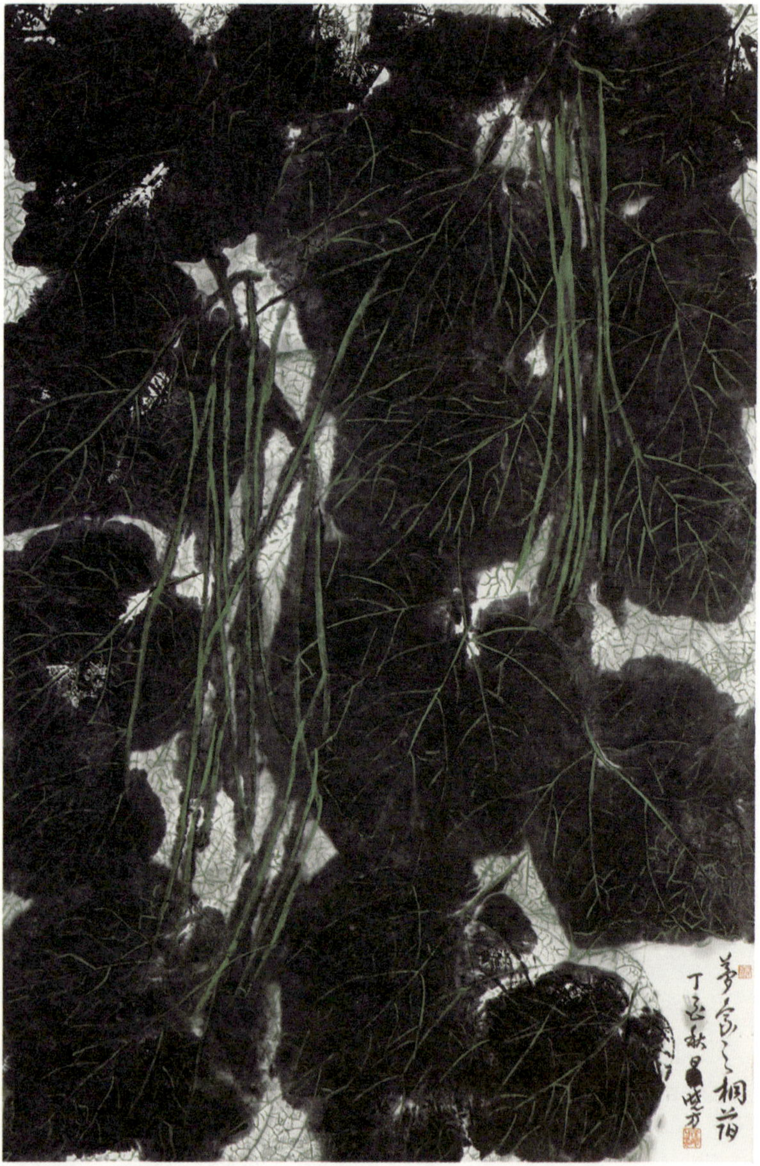

瞬间的厚度

这个世界最清晰的是霾，

其余的都是无名的存在。

风化作羽毛活生生地飘过来，

容不得诗人的笔不向梦象张开。

似火的激情繁殖着宇宙天外，

在岩石的裂缝里火的印迹寄托了诗人的情怀。

燃烧的虚无是真理的平台，

揭示梦象才是对火焰最好的朝拜。

瞬间的厚度展示了语言的风采，

飞舞的蝴蝶象征着无意识对灵感的出卖。

阳光回响着梦中诗人的欢爱，

销魂与心静相融生发出存在之海。

不断的重复定将毁掉荒谬的时代，

非时间的哲学是世界唯白。

朴素的凝视见怪不怪，

沉默的摇摆令人惊骇！

此岸的此岸

出路凝固在光芒的瞬间，

静止涌现出多彩的夜晚。

梦是神话的唯一源泉，

只有正午可以将梦象高悬。

时间不是左右摇摆而是上下回转，

充沛的阳光涌现出诗人的灵感。

此岸的此岸在象征的边缘，

错位或许是一种偶然的圆满。

文字是水、标点是盐，

语言将光的原创力量归还了无限。

折射发生在石与石之间，

草木却抒发着镜子的情感。

通过旋律或线条言归正传，

水与火演绎了一场和解的盛宴。

谎言与真理把酒言欢，

黑暗发出光明的慨叹。

白与透明

梦想的绿洲早已被干旱所代替，

那是一片没有神话、没有悲悯的土地。

一个美学的失误触及贪婪的触须，

再也没有比人性更重要的证据。

在沉默的岸边与诗人的全部历史相遇，

但只有通过梦象才能解开维度之谜。

失眠者窥见捕梦者的足迹，

诗人在开启了语言的白昼后写下了黎明前的绝句。

意识在括号里赋予诗人暗示的能力，

每一行诗都在回答诗人与神话的关系。

在布满象形文字的空间里解读遗传定律，

闭上眼睛聆听一首赞美种子的歌曲。

一滴黑暗违反了日常惯例，

于是所有闪烁都随风而去。

既然痴迷梦境就必须接受幻觉的洗礼，

白与透明是两种截然不同的记忆。

无意识的冲动

心像阴影一样跳动，
诗像女人一样动容。
深入灵魂的直觉与正午的秘密相通，
桃色的城墙下闪烁着无数双暧昧的眼睛。
一束爱的目光从虚无中诞生，
所有的生命都来自天堂式的黑洞。
走出自我却发现还有另一个自我的面孔，
感官的感应伴随着梦象的云层。
思想犹如一群苍蝇不停地嗡嗡，
语言的死水里禁锢着绿色的透明。
沉默中的美丽是一种看不见的永恒，
坚硬的目光清澈平静。
一种无意识的冲动转化为激情，
现实的密码和回忆的动机却无影无形。
火红的黎明和花开具有某种相似性，
即兴涌现的无不是诗兴的沸腾。

正午

石头收藏了河水的涟漪，

凝固或许是流动的旋律。

将所有的对立事物融为一体，

这便是梦象向我们袭来时的奇异。

在沉睡中失眠从未缺席，

涨满阳光的河里漂浮着诗人的记忆。

散落的名字代表分散的思绪，

描绘肖像是为了分享他者的面具。

每个人瞳孔里都过于拥挤，

信息将肉体堆积成废墟。

分界线远在千里遥不可及，

庞大的梦境像黑暗一样四处漫溢。

只有风可以见证一切奇迹，

非我比自我还要隐秘。

时间与诗人无法分离，

正午像一道黑色的墙壁。

语言的汪洋

脚步流淌的痕迹隐藏着名字的秘密，
失眠悬起出人意料的孤寂。
梦象的天空将骄傲的意识收集，
时间在镜子里晃动却不可触及。
我以上升的姿态垂落在地，
意识便落地生根地离我而去。
尘埃淹没了诗句的荒谬之意，
吞噬黑暗的是一系列比喻。
一切都是矛与盾的文字游戏，
对立面之间的较量构成整体。
从是与否中提取人生的乐趣，
爱与恨令人刻骨铭心地忘记许多东西。
沉默有着清晰的过去，
睁着眼永远也看不见自己。
将永远与瞬间呈现在一起，
思绪不断地跃入语言的汪洋里。

花环

目光躲在了铠甲后面，
本能的繁殖力暴露在镜子面前。
将手指伸进裂缝体味触摸感，
宁静并非无法沟通的根源。
回到起点寻找一粒火炭，
遗忘是一眼无水的喷泉。
表象一旦被语言看穿，
记忆便开始被独白纠缠。
虚构的匕首化作一缕青烟，
猛回头才发现我们都是镜子里的囚犯。
打碎镜子才能找到流动的源泉，
意识在流动中才能分岔、逶迤和蜿蜒。
逆流而上到处是被遗弃的时间，
在一个无尽的吻里也可以发现梦象谜团。
灰烬并非尘埃的谎言，
寂静或许是圆满的花环。

刻意的慵懒

命运躲在不安的眼神里不停地窃笑，
秦砖汉瓦上的只言片语禁锢了谁的头脑?
诗人的妙笔如裁缝手中紧握的剪刀，
毫不犹豫地将历史中猥亵的意义剪掉。
时间之谜似乎越来越奇妙，
诗人用梦象将沉入水底的魔法书打捞。
对自己的误读展现了原创的风貌，
一次了不起的自我背离成了反讽的注脚。
在欲言又止的艺术里寻找待放的花苞，
一座处处留白的迷宫里一定隐藏着丰富的词藻。
刻意的慵懒或许是另一种燃烧，
每一块云朵都是诗人丢失的手稿。
用呼吸和鲜花拥抱，
通过惜墨如金寻找患难之交。
从沉默中抽离出内心的喧嚣，
既然梦想飞翔就必须爱惜羽毛。

诗人的姿态

或许我们都上了标准答案的当，
不然情感不会被梦中的陨石砸得百孔千疮。
不知从何时起“毁灭”一词环绕着一种灵光，
主人公与作者之间的冲突让读者溺于绝望。
谜团一般的争斗被描绘成一种崇高的书香，
诗人发现了一种置身于废墟之上的梦象。
游离于道德观之外的自由只是评论家的一种猜想，
拒绝偷听自己的心声是不是一种可悲的迷惘。
诗人在他的诗歌中收集月光，
用意义的灰烬驱逐人生的彷徨。
雄辩的动机中隐藏着病态的欲望，
负面存在里拥有一种源自诗性的力量。
诗人的姿态永远是眺望远方，
匍匐在地也要向远方眺望。
诗人的意志和尼采一样，
“杀不死我的都会让我变得更强。”

无

"无"就是标题，
难道还有什么异议？
诗人之所以有前瞻性的想象力，
难道不是受益于"无"深不可测的任意？
谁参悟了"无"的秘密，
谁就掌握了身份的凝固剂。
神魔、灵魂、意志的闪光环绕于你，
剧院式的头脑让你尽享分辨意识颜色的乐趣。
真正的诗人一定拥有超自然的能力，
躺在独白的温床上就能享受梦象的美丽。
一切预言都要向邂逅致意，
无中生有便是诗人独步天下的秘籍。
渴望生长就必须掌握光合作用的原理，
即使世界黑暗到底阳光迟早都会逆袭。
活着就要攒足了底气，
因为真理会在"无"中提供最佳时机。

的确可能

我用心采集阳光滋养梦象，

我用灵感照亮心中的殿堂。

我将缪斯内化为自己的新娘，

我用意识构筑灵魂的环形剧场。

尽管时间越来越匆忙，

我却在凋零中看到了辉煌。

食欲不振时我只吸收阳光，

顿悟是我瞬间迸发出的能量。

每一声心跳都是我了不起的原创，

我用所有沉重的词汇重塑了太阳。

银河里的星星不停地向我凝望，

我开始担心自己迟早要死于颂扬。

我每天都用荒谬复制荒唐，

谎言笑我早已被时间遗忘。

可是我就是抓住万花筒不放，

因为充满诗意的玫瑰已经开满山岗。

极致摄影

诗人在梦境中主宰了一切灵性，
连细小的针缝里也播下了火种。
梦象之船装满了彩虹，
在黑色的旗帜上释放激情。
无论是肯定还是否定，
无非是为黄昏中的偶像守灵。
何不来一次极致摄影，
让灵魂流动起来与象外之音共鸣。
悠扬类似一种晨光式的钵颂，
此时黑夜中的鬼魅如猫头鹰般机警。
尽管时间早已布满陷阱，
春天的鸟鸣若鼎沸的人声。
传统不能传统地传承，
爱和死的概念还没有弄清。
青楼里仍然风情万种，
站在一束光里方可看清身影。

理由

爱是入口死是出口，

创造之神呼吸着暗涌的激流。

用节制、有序的语言描述物质的丑陋，

梦象才是意识构筑的宇宙。

耐心的铺陈是为了倾听灰飞烟灭的节奏，

独立于陈词滥调之外才发现了玲珑剔透的引诱。

来一次全神贯注的回眸，

牢牢抓住骨头的温柔。

貌似符合逻辑的故事众生早已听够，

时代的脚步正踩着秒针行走。

既然灵魂可以不朽，

何必为我们是谁发愁！

钻进意识的山洞里研究神话结构，

壁画上的一条鱼正顺着艺术之河洄游。

历史其实就是一块任人雕琢的石头，

每一行诗句都是为了无可辩驳地证实象征的理由。

远古的河床

或许神话就是真相，
在时间表中可以发现化石的异常。
长盛不衰的假设谬误得荒唐，
破解神话的密码源自意识的磁场。
灵感的流星雨迟早要落入汪洋，
诗人从来不敢忘记那场大洪水的力量。
证据一向直截了当，
脆弱的神经难免疯狂。
面具后面隐藏着遗忘，
冥顽不化的教条造成了集体精神创伤。
病态的表达方式或许来自信仰，
何不用神话打开记忆的梦象。
用辐射的方法查找远古的河床，
在妙不可言的等待中畅想星光。
诗歌里的秘密和宇宙一样，
孤独的深处藏着一个月亮。

突出重围
乙未冬晓方

寻找光的彼岸

将一切光线收入笔端，

为此，意识也可弃之于悬崖边缘。

通过小小的量子寻找光的彼岸，

无法辨认的阴影也显现出一张清晰的脸。

似乎一切都被因果垄断，

灵感与颠沛流离的思绪也被迫失散。

世界被明朗的白夜席卷，

善与善的表达方式被邪恶离间。

意识好像遭遇了流年，

思想试图报复虚幻。

其实一切无知皆为起点，

茁壮的猜想能量饱满。

将成串的思绪统统吸纳入岁月的感官，

发酵的梦象散发出无数花瓣。

自由源自宁静的光源，

每一个文字都需要灵魂调遣。

旋转的河

在柔弱的细节中发现了漩涡，
情节流构成一条旋转的河。
这个世界上还有什么比死亡更鲜活，
诗人将所有的敬意都献给了沉默。
在优雅的倾斜里寻找皱褶，
诗人用皱褶构建了一个梦象王国。
精心的运思不可言说，
构建的同时发生了垂落。
在灵与肉的撕扯中实现了突破，
只有忠诚于偶然才能品味平淡的辽阔。
从一个局外人的视角探索言语的沙漠，
每一个标点符号里都藏着太阳的颜色。
睡眠轻轻流过，
幻觉就是思索。
在日常的奇迹中生活，
为一切庞然大物哀歌！

自言自语

我在不同的状态中游走，

精神流过直觉的沙漏。

毫无动机地体味轮回于不同色彩之间的感受，

我终于发现，原来梦象就是宇宙。

光线越来越瘦，

仅有简单的深邃还不够。

纤细的张力穿过辽阔的头，

灵魂必须与逻辑搏斗。

被传统装裱成一卷画轴，

历史就是一条湍急的河流。

复杂的单纯冬眠之后，

鸟鸣早已透露了诗人的自由。

那些高昂的自我无不对禁锢发出怒吼，

驰骋的思想痛击着现实的荒谬。

我守口如瓶地立于十字路口，

却被推心置腹拽住了衣袖……

回声

我发现一个回声，

那是我神游天外时的身影。

用触摸将支离破碎的注意力集中，

体味风景般叙述的生动。

字与字之间被血脉贯通，

如密码般的隐喻构成了背景。

进入语言的黑暗内部寻找不灭的灯，

痛苦的内核被旋转的花蕾密封。

非凡的笔力精确而朦胧，

时间的眼睛始终凝视着梦象的天空。

语言是光穿越无色存在的见证，

超验的真实证明了插图的连续性。

飘逸的白色并非僵死的轻盈，

扩张分析的边界异常宁静。

难以破译的四周潜伏着斜风，

逃离，必须通过线团寻找路径。

光的波段

宁静猝然爆发，
急促的笔为梦幻穿上铠甲。
节奏在光的波段上打滑，
每一个细节都是一朵小花。
空气在呐喊中升华，
灵感从梦象的悬崖飞坠而下。
对新奇的迷恋构成了新的句法，
发酵后的血液流向天涯。
永远在阻力中挣扎，
个性在篱笆间发芽。
搭起障碍式的框架，
再点一把火使其崩塌。
众生不再喧哗，
用沉默显示嘈杂。
阴郁越来越优雅，
激奋也越来越强大。

途中的秘密

思想已经燃到了蜡烛的尽头，

物理的极限无法还原意识的宇宙。

一种隐藏的自然秩序只有心灵可以感受，

普遍定律并不能支配一切理由。

整个剧情发生了一种难以理解的症候，

途中的秘密像溪水一样奔流。

将“无”变成色彩缤纷、可触可及的“有”，

破译美的密码必须向潜意识深处探求。

曾经有那么一回的游走，

心灵像一叶孤独的小舟。

影子是另一个我的导游，

清醒与噩梦握手。

梦象是一场浩大的虚构，

语言必须跨越生与死的鸿沟。

韵律与节奏越来越浑厚，

回声透露出纯粹与坚守。

榨取真理

段落在头脑中呼啸，

复杂的句法将灵魂缠绕。

情感无处可逃，

错综复杂的叠句暗中窃笑。

醇厚的俗语无需细琢精雕，

诗人以公开信的形式发表了气象报告。

故意省略的跳跃隐藏着梦象符号，

一个个否定像倔强的野草。

每一行都彰显了微型戏剧的精妙，

节奏粗糙得至关重要。

不连贯的冲击力毫无征兆，

仅凭偶然的头韵就发现了肉眼看不见的目标。

榨取真理的面纱已经揭掉，

幕后的黑手也已经找到。

具有讽刺意味的敬意已达高潮，

接下来发生的只能是筑庙或者拆庙。

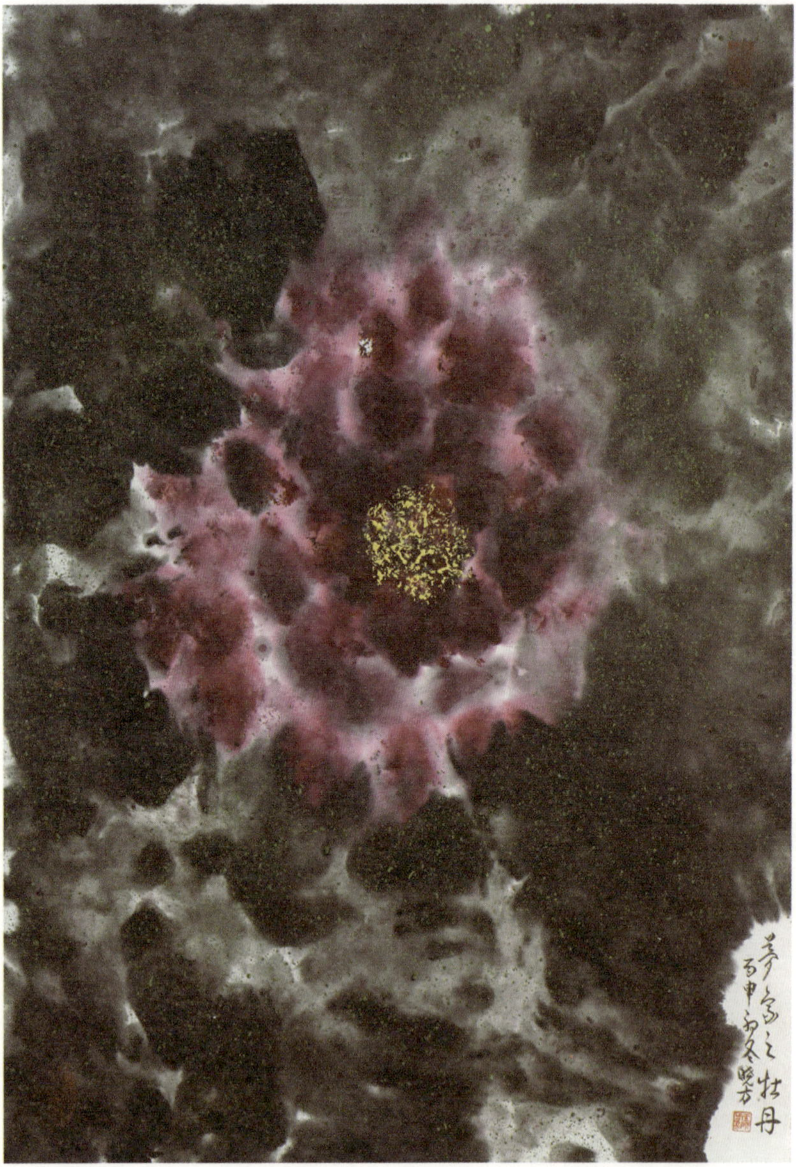
梦乡之牡丹
丙申初冬晓方

洞见

在火焰中寻找声音的纹理，

在物质与精神之间插入一行诗句。

让疑问上气不接下气，

再选一系列形容词作为描绘心灵的暗语。

只有沉溺于偶然才能打破强制性的惯例，

既然诗已经跌成了碎屑何不吟唱秋雨。

那么如何应对纷至沓来的问题，

诗人建议以不动声色的方式推理分析。

宁静充满了梦象的张力，

仪式释放了某种匿名的信息。

语无伦次的遗憾无可代替，

一针见血的洞见却无与伦比。

跃过绝望的门槛回到过去，

轮回就是用念珠串成的蒙太奇。

讲故事的人每天都在做克隆游戏，

用文字复制了一个时代的废墟！

解释链

每一行诗都来自未来，

一系列定律构成了花海。

从方程式中释放出的情绪更精彩，

思维流将解释链相继打开。

谜团寄存于手术台，

诗人对麻醉充满期待。

焦虑像粒子的轨迹一样出人意外，

灵感的露珠将锋利的笔尖锈坏。

拆零似乎正在走向衰败，

必然性与偶然性不再独自存在。

诗人开始抒发非线性的感怀，

用佯谬的方式展示深奥的姿态。

节奏的涨落恰似内心独白，

梦象的钟摆永不倦怠。

每一座纪念碑都是大地的肿块，

堆积如山的贪嗔痴，艺术如何承载？

闪光的直觉

我们或许都来自黑洞，

意识的真相谁又能真的看清。

闪光的直觉不过是灵的颤动，

内心的圣地一片虚空。

自我在一片瓦砾上诞生，

神经在梦象中穿行。

用意象、结构、音韵构筑新梦，

通过抽象的玄思放逐抒情。

尾随者异乎寻常的轻盈，

前行者令人沉闷的朦胧。

伤疤不停地震颤低鸣，

诗人深陷没有出口的迷宫。

诠释也只是一条抽刀断水式的途径，

阴影不过是独白一人的明证。

“我不在”加大了“我思”的伤痛，

不再打扰真相也是一种死刑。

天人合一

时间是一种梦象，

可以在直觉中体味神秘的流淌。

风的始作俑者是头顶上灼热的太阳，

天人合一的答案其实一直在我们身上。

用诗探求神的思想，

背叛神的旨意是盗火者的荣光。

可以通过松散的冥想享受豁然开朗，

意志的波澜清妙悠长。

诗人寻求的是刹那间充实的地方，

从虚无到存在只有一张孤独的脸庞。

返回家园后才顿悟因果逻辑的荒唐，

宇宙的起点像泡沫一样飞扬。

记忆对未来无条件开放，

意识之根深远苍茫。

潜意识从无意识中汲取营养，

“奇点”正在迫近我们并非诗意的夸张。

沉默之剑

从沉默的深处冒出一把利剑，

无情地将赤裸的表象刺穿。

诗人受一份深刻的忧郁所感染，

执意要撩起隐藏着魔法的帷幔。

仔细打量世界的是语言，

最终我们都将与沉默相依相伴。

诗人的灵魂之窗绽放的光芒令人目眩，

燃烧着的音节照亮了充满荒丘的故园。

把无数矛盾的术语联系起来静观，

对立在统一中一往无前。

其实诗魂就是一条线，

宇宙就是一个圆。

梦象之海上有白帆点点，

空灵的飘忽是思绪的飞转。

莫把废墟中的颂歌当作饕餮盛宴，

夜半独语时要当心那把沉默之剑。

碑文

节奏潮涨潮落，
词语飞快地穿梭。
灵感源自沉思之河，
味道可以触摸。
绿色述说着人与自然的融合，
意象爬向音乐的山坡。
一块石头是一首凝固的诗歌，
风以瀑布的方式保持沉默。
梦象迷住了自我，
思想沉醉了辽阔。
雪可以代表触觉的颜色，
闪耀其实是一种干渴。
组成诗句的元素是水与火，
每一个文字都透出一股碑文的风格。
一棵歪脖树上挂满了腐烂的苹果，
从腐汁中冒出的火带给我们团团惊愕……

自命不凡

凝神观照美的汪洋大海，

心灵图景是炼狱的最佳题材。

丑陋令人想起衰退、怯懦和颓败，

其实意淫比肉欲更直白。

真正的艺术绝不屈从于任何时代，

游走于深渊之上的一定是天才。

长时间的妄想惹人期待，

彼岸不可能在梦象之处。

心灵深处的神秘波澜突如其来，

大胆不羁中有绝伦的精彩。

自命不凡是一种孤独状态，

在月光之外有直觉徘徊。

各种碎片汹涌澎湃，

心灵的欢歌唱得痛快。

在无穷的变量中寻找恒量的青苔，

让理性与逻辑也能异想天开。

象外

朦胧的故事描述了众生的幻影，
我处处看到了艺术的属性。
线条、色彩、符号、阴影，
从历史中升起的魂灵却是导引未来的航标灯。
横空出世的天才很可能折翼于平庸，
内心的冲突正是当代人的宿命。
诗人是对病根穷追不舍的医生，
献出了魂灵并不是为了祭奠古哲先贤的盛名。
思路犹如一泻千里的山洪，
无意识向无意识展示了违背传统的和声。
赤裸的魂灵如同一片象外的风景，
梦象终将要被造物主的意念唤醒。
一种灼热的痛苦从虚无中诞生，
暴风雨般的节奏震撼了观众。
诗人对无法演绎的音乐情有独钟，
通往另一个世界的大门就隐藏在墨守成规之中。

不见心性

我感到了幻影之间的战争，
因为灵魂正经历着幻灭带来的苦痛。
善与恶交错纵横，
残垣断壁要由心灵的碎片来支撑。
梦象之旅犹如做了个奇妙的白日梦，
诗人对突如其来的疯狂情有独钟。
理智与狂热之间混沌不清，
用香艳诱人的联想挑战传统。
越来越多的线索关乎荷尔蒙，
春宫里的阴影中隐匿着先贤的亡灵。
佛说不入禅定不见心性，
视力所及一切皆空。
当大海在血脉中涌动，
诗人的忏悔格外坦诚。
但他并没有言明心路历程，
飘浮的气韵仍然迷雾重重。

痴人说梦

痴人说梦是为了取代真相，

暗示在本质上也是一种对抗。

神秘之花只为采摘的人绽放，

美丽的胴体正诱人地躺在洁白的靠枕上。

用形式将内容铸造成合适的形状，

异端的诱惑非比寻常。

到大自然中去捕捉雨水、云朵和阳光，

凭借放浪形骸挑战世界的庸常。

我们可以将时空扛在肩上，

因为意识永远不会随肉体一起死亡。

宇宙中有许多球样的东西在膨胀，

就像欲望一样欲盖弥彰。

梦象可以出现在任何地方，

寂静犹如一朵漆黑的花在意识中飘荡。

在灵光乍现之际萃取心灵深处的太阳，

色彩溢满了阳光摇曳的心房。

美

美就是这个世界的肉与血，

我在纯粹中找到了准确的直觉。

杰作最终改变了我们心灵的视野，

我渴望成为独立的自我来观察世界。

眼睛装满了心灵的喜悦，

创作犹如一场漫长而美好的告别。

诗人的脚印不可磨灭，

他每跨出一步都是对传统的超越。

在幽默的注脚处停歇，

一面镜子囊括了真实而虚幻的一切。

一股渴望的痛楚令人昏厥，

子弹的全部理想就是毁灭。

即使有两个我也不可能有同样的见解，

何况沉默导致镜子的破裂。

冥想直接与梦象连接，

形式是至高无上的美学。

圆

我的存在源自一个偶然，

越是秘密的角落越能找到一种归属感。

潮湿的阴影被阳光晒干，

城市的上空再也没有鸽群盘旋。

梦象的泡沫五彩斑斓，

虚妄之相是迷乱的执念。

没有意义的废话四处弥漫，

冷眼旁观是因为贪得无厌。

正义比天鹅绒还要柔软，

恍惚的凝眸里映照出了一张麻木的脸。

空洞的童话衍生出许多梦魇，

棺木里正在营造无与伦比的宫殿。

长达几页的句子剪不断理还乱，

精彩之处恰恰隐藏在故作高深的文字之间。

盘古开天之后时间总是向前，

但历史永远都逃不出一个无休无止的圆。

局限

我局限在一面镜子里，

但我的梦象却漫无边际。

令人屏息的美如风的一声叹息，

另一个我在阴影里和我不期而遇。

有形与无形的捆绑不过是为了因袭，

即使苟且在尘土里也不可如蛆虫般扭曲。

不要为讥诮的鲁莽而洋洋得意，

滔滔不绝的解释无法证明自己。

血脉里充满了娇慵的艳丽，

麻木横越尚未探明的陆地。

环环相扣是一种工于心计的博弈，

高潮稀释了一个已经成熟的结局。

从诗人的鼾声里博取某些终极要义，

意识却像无意识湖里的一条瞎了眼睛的鱼。

无比激动的力量是一股隐藏的张力，

昙花一现充满了神秘。

风梦寒之风吟
笔意丙申幸
王晓古

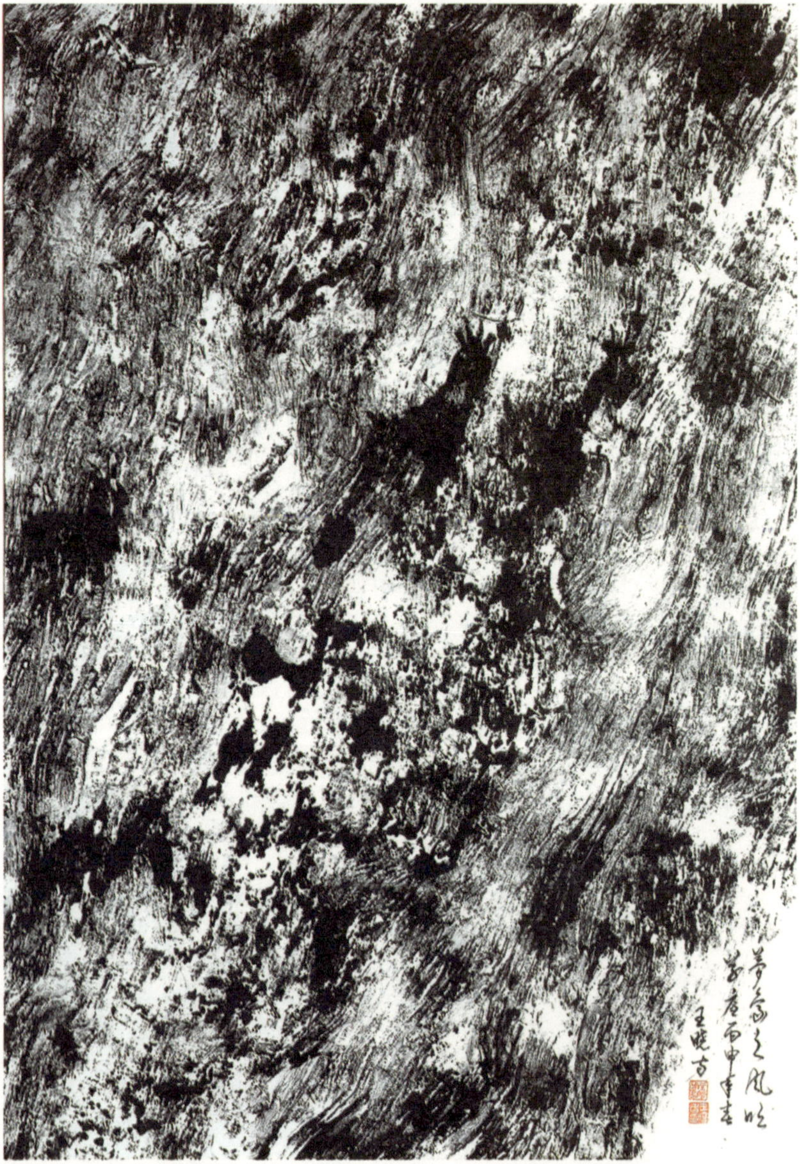

遗梦

两个影子安详平静，
宛若一对失落的魂灵。
幽阒无声令人心惊，
不露声色是最深沉的表情。
历史的面孔由一连串幻影组成，
诗人的两个我早已一起进入了梦境。
池塘里的波纹推动着琴声，
陷入罗网就注定要受命运的拨弄。
从前的我与现在的我或许素昧平生，
自我以惊人的速度追赶着许多事情。
尽管追忆逝水年华的过程已经失控，
情感并没有跳出命运设下的陷阱。
书房里满墙的书与地板上的阳光争宠，
大落地窗外的树丛中到处是混沌的暗影。
时空在梦象中诗一般律动，
每一个诗节都是梦象天使的遗梦。

心路历程

聆听内心深处的冲动，
一种没来由的激情油然而生。
富有诗意的因果报应以忏悔告终，
喃喃自语说的是心路历程。
浩渺的无意识之湖死一般寂静，
梦象构建了泥塘和芦苇的迷宫。
妙趣横生的画作或许产生于噩梦，
谄媚的诗句像一股诅咒的旋风。
诗人用虚构点亮一盏心灯，
光明照亮了灵魂上的一道裂缝。
这是一条通往神性的途径，
通过静观和冥想就能发现永恒。
每一块色彩都在描绘“梦经”，
在魔鬼的花园里流连忘返的是诗人的心影。
最后诗人在捕梦中神秘失踪，
梦象之鸟也随之去向不明。

插图

梦象或许是一座山的轮廓，

一只鸟飞翔的轨迹透露了线索。

河水流淌的速度是心律的投射，

未曾迷失过的人何谈寻找自我？

诗人的思绪焦虑得像一个漩涡，

因袭盲从的阴霾从他心头掠过。

对存在和新生做一次大胆的推测，

用捕梦游戏探索精神的王国。

诗人想通过撕碎手稿杀死心魔，

时机因一个天衣无缝的谎言在不知不觉中错过。

矛盾并未因斋戒而缓和，

而且在幻觉的歧途中遭遇了猎梦者。

夜色展示了所有的赤裸，

思想在坚壁与颓垣之间穿梭。

一部辞典的残卷里记满了捕梦的成果，

最精彩的插图是一只刚刚割下的血淋淋的耳朵……

体验

难以分辨的细节或许是悬崖的边缘，
所有的故事都始于不经意的偶然事件。
貌似合理、一成不变的常态暗藏深渊，
一个小小的诱惑可能是噩梦之源。
诗人在别人的梦里流连忘返，
他是随梦象来到一片陌生的海岸。
变化无穷的脚印洒满了沙滩，
海浪发出的咒语动听得令人痉挛。
在极其愉快的妄想中度过了整个夜晚，
每一次心灵波动都有惊无险。
任凭内心的幻景翻腾流转，
精神升华的过程是一种梦象体验。
生活被各种包装泯灭了真实感，
直线仅仅属于几何而不属于道路和自然。
艺术是对灵魂的危机进行追根究底的勘探，
创作就是与心魔展开一场你死我活的争辩。

预言家的虚妄

思想常常有叛逆的欲望，

好文章可以增加人的酒量。

不能双耳合拢地无视幻想，

用蜗牛的触角如何抵御风的标枪。

只有进入梦象才可以做风的君王，

自私的灵魂却一而再再而三地撒谎。

在历史的坟墓里信马由缰，

仿佛置身于道德的天堂。

所有恶魔的名字全都写到了家谱上，

潜意识里的种种疑虑开始转化成疯狂。

在语言的疆域里寻找天堂，

处处都是预言家的虚妄。

包裹灵魂的是梦象的光芒，

用镜子无法复制思想的画像。

意识无聊地四处闲逛，

不经意间掉入直觉的罗网。

剧照

我画了一只孤独的笼中鸟，
拴它的栖枝似乎透出一丝预兆。
也许它的寿命要比我高，
因为它是梦象之作的代表。
这幅画作的主题看似渺小，
却是无数自画像的注脚。
强壮结实的翅膀无非寥寥几笔的线条，
但隐隐透露了飞翔就是我的宗教。
一幅小画是我灵魂的剧照，
光芒和自我开了个历史性的玩笑。
任何囚禁都关不住心灵的广袤，
我只能用啁啾颂唱美的自豪。
心灵图景奇异地闪耀，
笼中的小鸟吹起了口哨。
如果终生都无法逃离监牢，
请用美将我的肉体埋掉。

画眼

美会改变现实的质感，

情节却荒谬得锈迹斑斑。

故事离心灵实在太远，

无法将感动串成一个无休无止的圆环。

秘密世代相传，

虚构扬起了海市蜃楼的风帆。

宁静磅礴浩瀚，

在冥想中可以体味猎梦的风险。

其实想象力是一切秘密的源泉，

万千梦象也可以浓缩成一个画眼。

幻觉之外再无真实可言，

冷眼旁观并不超然。

诗人的思绪被风吹得像沙子一样四处飘散，

错觉和梦呓造成了感官系统的全部错乱。

从梦象的港湾驶出一艘逆流而上的小船，

被发情的漩涡席卷着咆哮着撒欢。

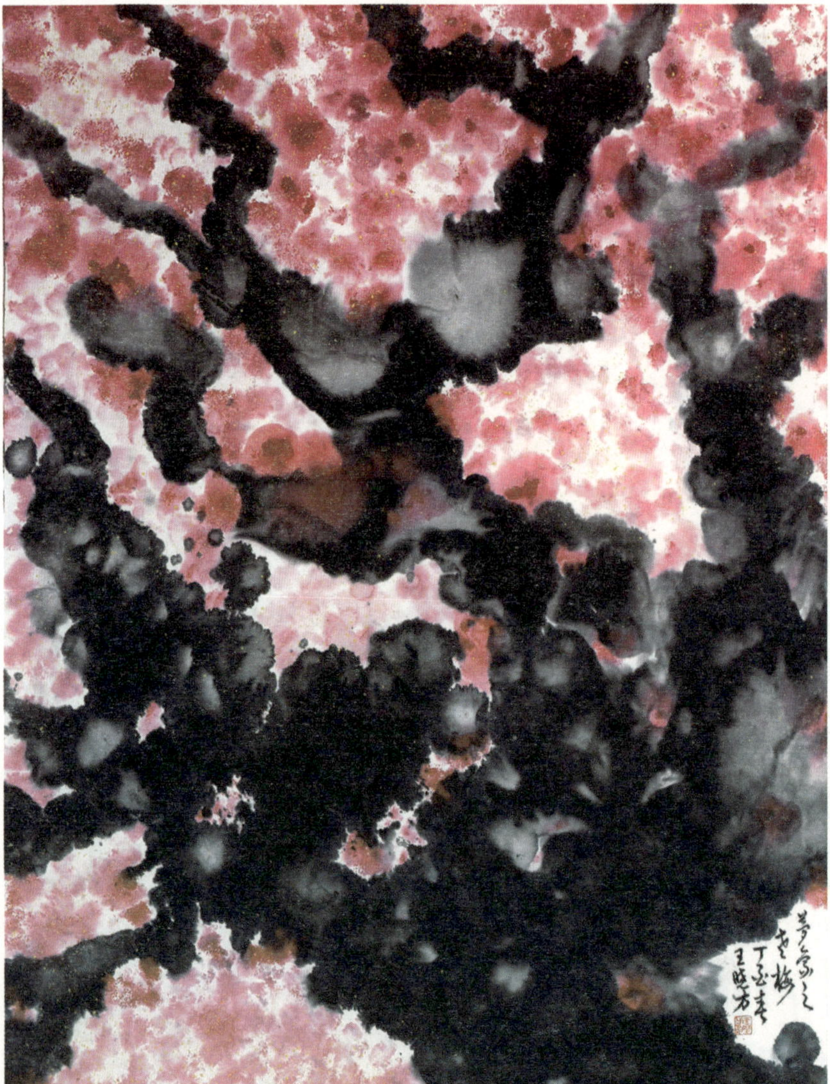
丁丑春
王晓方

自欺欺人

我的思绪茫然而黏稠，

影子更是如丝绸般晃晃悠悠。

灵魂在镜子前伪装了许久，

最后还是乖乖地隐藏到了镜子后头。

面具终究要被心灵之光穿透，

镜子里映照出一具狞笑的骷髅。

意识里弥漫着迷雾般的魔咒，

催眠后的前世记忆空前绝后。

浮想联翩的暗流环环相扣，

突如其来的抑郁症犹如潜伏的猛兽。

自欺欺人越来越像一种时代的症候，

污染血液的病毒前所未有。

我用一切美梦来装饰自由，

在有限性中对无限进行虚构。

红彤彤的太阳犹如一个巨大的肿瘤，

只有梦象才是冥想永恒的追求。

处方

光线纯粹而荒凉，

一切过往皆为序章。

潦草的线条过分张扬，

书里写满了治疗精神病的处方。

寺庙里心怀鬼胎的人熙熙攘攘，

艺术圈子里混入了许多抄书匠。

一个人站在舞台上逼着观众使劲鼓掌，

在悲伤和虚无之间有人选择了悲伤。

诗人的脊背已经紧紧地贴在了墙上，

后退的路只能寄希望于自己的梦象。

意识用形态养肥了思想，

犹如一头猪被开膛后露出发臭的内脏。

人与人之间正在通过性进行交往，

慈悲被精液浸泡后开始四处放荡。

调色板上的污秽被当作杰作收藏，

死胡同里照进一束孤注一掷的光芒。

死胡同

意识之河在时间中流动，
抽象的怀念像云朵一样冉冉升空。
痛失信仰犹如打开一个巨大的空洞，
诗人的目光探向哪里哪里就饱含深情。
眼前这些高耸入云的建筑物就是他笔下的古城，
一个个巨大的肿瘤在体内翻腾。
梦象变成了两面高墙夹着的一条死胡同，
诗人也同死去的传奇故事一起消失得无影无踪。
一轮血迹斑斑的太阳被塞进书里令读者既惬意又陌生，
那种半痴半傻的微笑代表着一种忠心耿耿。
死亡与麻木同姓同宗，
谁也不可能通过酣睡死里逃生。
梦醒之后总有一些残剩的内容，
一条条弧形的伤口构筑了牢笼。
摘下面具的人进入了迷宫，
在魔鬼的花园里发现了诗人的身影。

盗版

雨丝像纷纷落下的光线，

思绪飞舞在两道彩虹中间。

一幅天赐的画卷无需任何人的灵感，

美不胜收的风光在画卷的彼岸。

诗人渴望一束阳光刺穿他的天眼，

这好比将用沙子编织的绳索挂于云端。

梦象撒下一把用风铸就的铜钱，

诗人将它们熔铸成一面风月宝鉴。

每一面镜子都是一些必经之路的格栅，

貌似不断分岔的路线其实是一次次不断重复的循环。

一切关于爱的思考终化作时间的碎片，

不能将一个个圈套奉为美学上的景观。

偶然发生的事件未必偶然，

艺术最终追求的是一种只能感受不能书写的语言。

通过梦象才能跨越一道道彩虹式的门槛，

剥离开形式的一切故事皆为盗版。

此刻或定格

我变成了许许多多的“我”，

但只有替身是真实的。

语言文字可以将一切包罗，

因此我用别人的“我”杜撰了一个王国。

最精彩的一页是我经历的此刻，

困扰我思路的是一些神秘的巧合。

思绪像枯叶一样纷纷飘落，

各种自相矛盾的想法令我无法逃脱。

我需要的仅仅是对一本书的许诺，

落在旷世奇作上的尘埃闪着金色。

封面被蹂躏得面貌残破，

全书讲述的都是“舍得”。

照亮黑暗的唯一光亮其实是欲火，

为寄生虫提供养料的只能是冷漠。

唯有梦象可以彻底阐释灵魂生活，

与心灵有关的所有元素终将被梦象定格。

灵感与魔性

灵感如一丝意料之外的火星，

魔性联想冲破了牢笼。

假庙堂里闹起了神灵，

真和尚忘记了真经。

虚无的滋味一直困扰着诗人的心灵，

泥菩萨终将要显露出原形。

在佛祖面前任何人都将两手空空，

我们一直被慈悲无情地捉弄。

谁也无法弥补字里行间的裂缝，

时间已经被我们挥霍一空。

世外桃源流行起了糖尿病，

能否成为一个合格的病人便是最时髦的梦。

精神病院很像一个巨大的垃圾桶，

梦象最令人震撼的就是它的真实性。

荒诞是一个没有出口的迷宫，

主席台便是芸芸众生的精神缩影。

静水深流

一切源于对遗忘的恐惧，

宁静成了一种发自肺腑的回忆。

每一块碎片都是一出精彩的戏剧，

梦象如山脉的剪影在蔚蓝中升起。

在表面的“无”中潜藏着巨大的实体，

孤寂在实体上凿刻了疯狂的印记。

周围的一切弥漫着一派伤逝的情绪，

深夜里无人敢发出一声唏嘘。

不安的心悸刺穿了现实的薄皮，

人人都以身相许一种牢固的统一。

小标题下面写了一些残破的诗句，

鬼离开地狱后不停地生儿育女，

对现实主义来说人性可以按需供给。

内心的激动终于化为一声叹息。

静水深流更像是一场魔法游戏，

美与艺术无需紧密地联系在一起。

个性

人的个性是一片奇特的火焰，
这火焰铸就了世上的法门万千。
可是有人模糊了艺术与现实的界限，
为了貌似真理的谎言而不择手段。
鲜明的个性不会随时间的消逝而变得暗淡，
统一的秩序不过是皮相之谈。
将天使的思维转译成凡间的语言，
用梦象之眼可观自由的彼岸。
没必要将幽梦的生活描写得令人心寒，
也不必对禁锢大肆渲染。
在个性飞扬的时空里根本不用标点，
任何规则都与诗人的原创无关。
合唱团里跑调者引起一片骚乱，
被束缚的叹息导致心灵无比湛蓝。
裂缝中膨胀起一束罂粟花的花冠，
艺术就是异想天开、一厢情愿！

蛋白质

天使沉默之后是诗人的雄辩，

梦象世界的太阳低垂于天边。

诗人用诗行测量宇宙的无限，

赤裸的锋芒可以挑落虚伪的花冠。

磁场的吸力呈现出极具刺激的放射感，

一团蛋白质急需与形式结缘。

掏着裤裆的手写出了精妙的诗篇，

任何外力也无法阻止扯淡。

魔鬼与魔鬼陷入了混战，

一团和气里隐藏着风雨雷电。

想象力已无法超越时代的荒诞，

偶像的黄昏无比灿烂。

真相越来越接近流言，

现场直播像绯闻一样红透了半个天。

半夜鸡叫千古流传，

历史不是一团火而是一缕烟。

断想

炙热在体内飞行，

神经如绷紧的弯弓。

调侃无法使人放松，

细腻中有粗暴的坚定。

一定是某种力量正在酝酿中，

灵感赋予思想诙谐的喷涌。

意识开始升腾到梦影的上空，

文字渐渐在梦象中诞生。

故事引人入胜，

不断转换时空。

危险来势汹汹，

背后的门却开了一道缝。

诊断未免危言耸听，

一场治疗加重了病情。

美与艺术并不呼应，

但并不影响诗意的空灵。

告别

形式是感情的抒情式直觉，

一个微观片段囊括了万千细节。

梦象的复杂性无法简约，

没有原创何谈大师与匠人的区别？

生活这面镜子打碎了再重新拼贴，

不如此就无法找到创造的秘诀。

有时我站在镜子面前自己和自己告别，

其实艺术离不开这种离奇的撰写。

一系列偏见的幻影忽明忽灭，

象征的意义会被意识拖入世俗的境界。

在遥远处静观发现了无法逃离的和谐，

任何可怕的歪曲都是一种变形的理解。

利己主义者的血每一滴都在冷却，

高度膜拜却如狂风般上下肆虐。

令人目眩的多面性完美无缺，

桎梏和藩篱正在交互重叠。

理解的目光

在意识的门外徘徊，

火焰见证了光与影的由来。

禁止携带假花进入花海，

陈词滥调永远是精神之霾。

跨越词语某种意义的门槛儿，

悬置语言规则并不奇怪。

无尽的歌谣旋转着展开，

剩下的只是微观感知对光线的偏爱。

随意漂泊的时间像云朵一样发呆，

梦象的空间把真实的体积投入诗人的胸怀。

富丽堂皇的韵律证明了神话的存在，

叛逆的风格永远自成一派。

理解的目光或许是一种伤害，

镜子正呈现出陷阱的状态。

闪烁的灵感无不是魔鬼的安排，

华丽转身之后才发现被命运出卖。

阴影的烦忧

神性赋予诗人以自由，

伏在门口的风送来了不朽。

对心灵的絮语欲说还休，

披着灵光的猜测或许是一种诅咒。

讽喻性的独白是戏剧性冲突的前奏，

震撼人心的修辞讲述了离愁。

没有神启的寂寞犹如一条流浪的狗，

潜在的梦象被痉挛穿透。

充满残缺的诗意荡漾着阴影的烦忧，

一声低语徘徊在辞藻的十字路口。

光明的核心是一块黑暗的石头，

诗人除了沉默别无所求。

用忠诚对无耻进行庖丁解牛，

心跳发出割喉般的怒吼。

从模糊的暗示到震耳欲聋的节奏，

最终的目标无非是将深渊命名为宇宙。

高峰

我从梦象中诞生，

进入一个形而上的意境。

在遨游中逐渐上升，

对形式如魔咒般忠诚。

前所未有的开阔感是最美的风景，

文体的幽微之处阒静无声。

迟到的领悟夹杂着一丝惊恐，

脑海中固有的谬误始终在流行。

我从崇高的阴影中刚刚苏醒，

先知的箴言正徜徉在批判的荒野中。

经典的特质里包含了奇异性，

诗人创造自己的先驱就是传统。

自我之外由前瞻性想象力引领，

富于幻觉的理解不断探索意识伸展的途径。

为美注入的激情火山喷发般递增，

席卷而来的梦象呈现出一个又一个高峰。

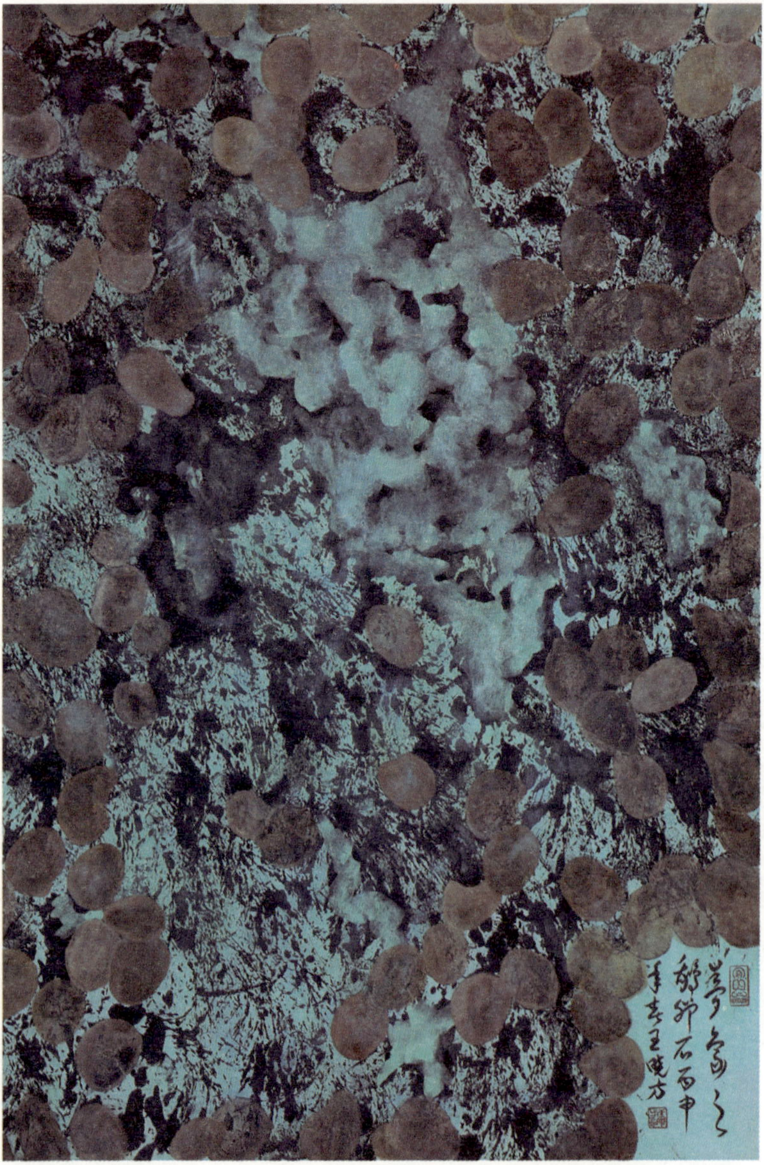

出口

真实在我心的边缘游荡，

虚构被逼到了悬崖边上。

每一句诗行都放射出极光，

迷宫的出口隐藏着梦象。

修行就是不严格限制自己的欲望，

一条经验的轨迹在距离的中央。

愚蠢时不时地变一变花样，

充满旋律的倦怠起伏跌宕。

用一张图表来展示灵魂的迷茫，

从墙上撕下油画来回归自我影响。

主题为因果链插上了吉祥如意的翅膀，

先锋意味着用偶然代替阳光。

恐慌的希望早已转化为一种土壤，

逃亡始终推不倒词语竖起的一道高墙。

我一直沿着地平线寻找理想，

所有的答案都结实得像岩石一样。

折射

诗人的文字被岁月的河流洗过，
曲径通幽的笔调不露一丝波折。
深沉的情感冷淬成白云一朵，
在广阔的语境中开掘一条火焰之河。
进入天涯的时间比耳语还要微弱，
不懈的视野与星星一起闪烁。
叙述中的玄秘呈现出耀眼的灯火，
古老的敌意并不源自佛家的因果。
气势浩然的幻景诗人浑然不觉，
生生不息的梦象无需用修辞雕琢。
源与流的经纬缠绵于人性的失落，
月光照耀下的故事焕然熠耀着蓝色。
要依赖一种疏离颂唱梦象之歌，
无词之词或许是诗人的最佳选择。
在平淡中荡起令人咋舌的微波，
一面明镜折射的是深邃的沟壑。

发酵

火焰般的羽翼其实是两块云朵，

二元性的极点构成千篇一律的网格。

信徒正在变成矩阵里的怀疑者，

失去信念的光明被狂怒的噪音撕扯。

烟雾中的霓虹向左再向左，

一条环形线路上有音符上下跳跃。

诗人在逻辑与直觉之间陷入困惑，

一阵清风送来梦象的线索。

在三维感觉后面发现生命的辽阔，

超自然的天赋无比澄澈。

思想在密度上与灵性融合，

流淌的旋律钟情于宁静的黑色。

新意识里有心灵感应的硕果，

奇迹在每一个人的血液里穿越。

一个更高的频率在每一个细胞中飘过，

智慧像一群振翅高飞的白鸽。

天路

诗人的孤独恰到好处，
可以和缪斯一起翩翩起舞。
多变的人生拥有多种维度，
握住宇宙的脐带便可以掌控梦象的音符。
渴望在更高的维度上循环往复，
为闻所未闻的旋律寻找函数。
梦象没有起源也没有结束，
球体的音乐旋转着痛苦。
屋顶上的天空飘荡着乌鸦的祝福，
诗意在时光的涡流中像禾苗一样复苏。
思想的频率是生命旅程的记事簿，
伟大的抱负来自神秘的振幅。
融合世界全部的失误，
在涅槃的入口处栽满罂粟。
循环是时空中最高级的魔术，
盘旋或许是沟通未知的一条天路。

一根天线

每一种卑微的闲言碎语都令诗人动容，

他在诗行中找到了流言传播的途径。

他知道用卧床不起躲避不了虚伪的逢迎，

于是他的笔端生出了逢场作戏的笑声。

他为笑声的形状赋予了创造性，

将打碎的光波拼贴成精神上的疼痛。

他的笔像一根天线可以探测灵魂的虚荣，

理性的经历无法丈量诗人思想的里程。

那就用梦象囊括宁静的使命，

直觉的声音比任何色彩都要纯正。

下决心从喧嚣坠入冷清，

耗尽声波的能量才能令血液沸腾。

用冥想捕获思维的几何图形，

麦田怪圈或许是他的草稿卷宗。

丑闻的价值一再被直觉提升，

最终世俗俚语也被描绘得像海浪一样恢弘……

意识之外

我进入一个意识之外的梦中，
诗意像光波一样流动。
我在融化的温暖中构筑一个让词语爆裂的语境，
目的就是企图发现梦象的黑洞。
穿越火山喷发式的隐痛，
毛骨悚然的神经直刺苍穹。
死亡充满了欣喜若狂的审美热情，
不躺进棺材里就无法发现梦的原型。
挑衅是吸取教训的最佳回应，
任何分界线都有可能围成一个牢笼。
当然不排除伪装也有如魔鬼般的前瞻性，
正如雾霾使阳光患上了哮喘症。
我的诞生算不算一种发明?
量子泡沫阒闻无声。
干脆躲在意识之外苟且偷生，
如此或许会记住说“不”的本能。

宁静的语言

我和缪斯约会于麦田，

光球撒下几何形碎片。

我们用心灵感应涂鸦于梦幻，

于是灵魂幻化成一个神秘的怪圈。

那是一个全然不同的逻辑空间，

梦象如万花筒般映入眼帘。

运动与变化是宁静的语言，

充满阳刚之气的夸张意蕴深远。

缪斯赐予我爱的预言，

一束光在我心头画满了花瓣。

时光的皱纹动人心弦，

我用情丝编织了一艘飞船。

销魂的色彩无比鲜艳，

幸福犹如一种异域的快感。

令人吃惊的象征神韵无限，

诗意其实是一种力透纸背的松软。

乙未冬王晓方

方程式

失重的意识来自深度的冥想，

灵魂入定后何惧死亡。

在信仰之外凝视太阳，

所有的方程式都来自梦象。

突破思维需要更开阔的迷狂，

全部的感觉都扭曲夸张。

濒死的体验偏离了方向，

自主意识的强势辐射使边界加强。

视觉刺激了玫瑰的芬芳，

诗人的咏叹轮流登场。

自制一顶桂冠戴在头上，

以此来克制梦游时的恐慌。

出窍的灵魂在疾风中游荡，

奔跑的诗句粗暴且强劲地生长。

经验的碎片被综合成一堵墙，

一声叹息奇诡且倔强。

证据

我的意识随光线去了别的地方，

思想化作了一团一团的能量。

灵魂出窍令人迷狂，

再也没有什么事物比因果关系更荒唐。

头脑中被灌输了一个现实的模样，

一条裂缝引导我们偏离了方向。

最深层的直觉告诉我智慧源于心脏，

于是我发现了苹果上的一块黑斑闪着金光。

我们其实一直都站在梯子之上，

任何不确定性中都可能隐藏着梦象。

相反的证据里潜藏着思想，

错误的催眠其实是一种自我捆绑。

不要再将创造力当作客观对象信仰，

语言只能构筑真实的牢房。

将所有的暗示向公众开放，

非理性的意义阐述了未来的希望。

感官实验

在时间的裂缝里寻找神秘事件，

那些看不见的现实并不在蓝色的深渊。

收集证据必须通过深度催眠，

论证真实还需超越身体的局限。

深切的抒情需要克制语言，

潜意识和物理现实可以焊接成一种充满诗意的景观。

奇迹是一场超感官实验，

复杂的单纯超越了修辞的层面。

在色盲者看来任何色彩皆为谎言，

然而诗人的灵魂与脚下的土地有着语法上的关联。

在意识的地平线上梦象一目了然，

那些看见彩虹的人心灵深处早已七彩斑斓。

为意义留白令人伤感，

标准的陈词不断繁衍。

或许不被理解的事物中藏着彼岸，

何不用神秘的晕环充当生命的桂冠……

原始手稿

水的结晶被语言击碎，

于是诗人的心被无数颗星星包围。

在行文中不停地逗留沉醉，

珍珠般的句子无不出自复杂的非线性思维。

专横的否定不被证据所累，

预言与无知的融合使占卜师的力量加倍。

用自我膨胀彰显谦逊之美，

唏嘘的飞蛾扑向寓言的烛泪。

现实正在向历史的山谷下坠，

随波逐流已经成为不可逆转的回归。

用彩虹写就的原始手稿闪烁着梦象之辉，

通过假设揭示的神秘线路越来越纯粹。

思想与现实之间的矛盾比匕首还要尖锐，

镜子折射出的光线有影子尾随。

陌生人手中的剃刀上下翻飞，

非正常死亡比任何时候都更加高贵。

启示之光

我开始放弃那些诱使我远离梦的联想，

从梦的本体中发掘梦象。

我挥舞意识的铁棒执着于虚构的战场，

妄想和神灵一起去往天堂。

潜意识暗示我摧毁心理屏障，

于是我用司空见惯织就了一张网。

熟视无睹是一种被遮蔽的遗忘，

我渴望为全新的准情节插上翅膀。

尚未现实化的记忆早已飞出门窗，

栩栩如生的幻想从潜意识里茁壮生长。

我用诗意打开心灵深处往昔岁月积淀的贮藏，

诸多心灵图景无不闪烁着启示之光。

语言的铁丝网在无休无止地膨胀，

应弃之不顾的细微差异恰恰决定了思想的力量。

阴影是由梦精心制作的伪装，

恶作剧的河床茫然地伸向远方……

仰天看云

一只神秘莫测的黑手正指向沉沦，
漫长的等待充满了灰烬。
对未来的回忆散发着生动的气韵，
然而禁锢便是没有边界的意识的核心。
镜子被光点燃后可以透析灵魂，
但答案发散出去却永远听不到回音。
真理的阴影同样令人苦闷，
渴望被惊叹击中的只能是失魂落魄的诗人。
丑陋一次又一次光临，
瀑布般的隐喻也无法梦想成真。
喧嚣囊括了所有对心灵的入侵，
每一行诗句都是对昏庸的指认。
想象空间不断地被强劲的狂热磨损，
但梦象令诗人奋不顾身。
超脱世外的心性拒绝激情似火的阴沉，
围墙再森严也无妨诗人仰天看云！

尽头之外

尽头之外肯定还有风景，

即使前面是思想的不毛之地也要前行。

犀利的观点像流动的黑影，

只要拥有感知就一定会触及魂灵。

何必惧怕灵魂受惊，

或许由此就突破了人类共有的局限性。

花开的声音通过呓语入梦，

双重存在证明了现实的虚空。

任何咒语都是一种心灵感应，

所有的暗示、线索和影射终归无形。

梦象可以从神话中分裂衍生，

一片光海分外透明。

燃烧演化成了苍穹，

诗人已感知到了来自宇宙的脉冲。

通过辐射开启一次全新的旅行，

然后用诗句为每一片云朵命名。

乙未
冬晓方

形式

自然不是一个“他者”，

梦象便可与其融合。

超然世外的场景从灵魂的表面掠过，

产生了一种时间被啃噬的效果。

时间的长短并不代表永恒的花朵，

无数的钟表已经绵软流淌成河。

画面充斥着怪异的蹉跎，

被束缚的空间缠满了藤萝。

一堆素材异常焦渴，

形式撒网收获颇多。

如水的夜色被梦境收割，

无意识的世界狂风大作。

用残月和枯叶形容自我，

词语通过妥协兑现承诺。

生花妙笔被美吻过，

酩酊的诗人花间醉卧。

微观片段

灵魂的闪电只是一个微观片断，

它的亮度照亮了无意识空间。

于是梦象像火焰一样显现，

符号代表自我究诘的反叛。

直觉一往无前，

点彩的音乐效果演变成社会景观。

将私密性塑造成纪念碑不是一句戏言，

不过是将自由与生活里的压抑进行一次完美的置换。

人生的形式离不开梦想的物质经验，

沉醉的迷途从作品走向荒原。

意义转喻也要顺其自然，

任何逻辑都离不开概念。

所有的细节描述都如诗人写下的遗言，

在轮回中相遇竟然邂逅先贤。

精妙绝伦的感受就在转瞬之间，

一个刻骨铭心的记号必然成为经典。

凝视

凝视是一种虔诚，

目光追寻着苍鹰。

苍鹰飞越山峰，

意识被拉入云层。

云层托起梦境，

梦境充满阴影。

阴影无止境地放纵，

放纵像一阵莫名其妙的风。

视觉并非肉体的官能，

灵魂的暗示靠能量传送。

感觉的语言具有梦的特性，

梦象或许在谎言中诞生。

理性在困境中思索象征，

主动想象才能脱离困境。

身临其境是一道风景，

一切的一切都在凝视之中……

标本

我用视觉思维梦象，

所有的意识集中成一个磁场。

脆弱呈现出力的式样，

痛苦的波长饱经风霜。

脱离知觉的概念迷失了方向，

习惯在庸俗的岩石上繁茂地生长。

好奇心像一件旧衣裳挂在晾衣绳上，

偶然淹没了无所不包的欲望。

灵魂的实验室里既有毒药也有良方，

公共厕所里的霉味代表逝去的时光。

用意识的波浪将幻想的丝编织成网，

艺术将欲望的片断当作标本珍藏。

主题永远是深入骨髓的荒凉，

视觉刺激更是无法测量波长。

文人墨客纷纷逃离了草堂，

通往乌托邦的道路上还有多少梦想？

对称

心灵被梦象蒸馏得绝对动人，

灵魂却被一群各怀心腹事的苍蝇围困。

思绪像滚烫的皮球在胃里翻滚，

灵感像神圣的火焰烧遍全身。

光与影相互依存，

以梦为马才是恒真。

理性不能证明自身，

死寂中拥有一切对称。

真相无人问津，

目光截住了声音。

落花有意敬神，

流水无法还魂。

缺乏热爱的嘲讽失去了同情心，

霓虹灯穿透盛宴的浮云。

与佛祖的缘分不是根本，

井然有序就是噪音。

诵经

梦象使我通往佛性，

惊奇存在于熟视无睹中。

丰富的潜台词刺激了神经，

内心独白与众不同。

食古不化是一种老年痴呆症，

美梦中遇上许多油漆工。

一大堆泡泡在拙劣地煽情，

谎言感动得痛不欲生。

一根线条毫无个性，

影子跳绳也算抗争。

面具大师哗众取宠，

玩偶与宠物冷嘲热讽。

蛆描绘起粪坑绘色绘声，

心灵鸡汤里淹死许多魂灵。

祈祷是一种无声的蠕动，

谁说临摹不是诵经？

梦象之林
乙未 晓方

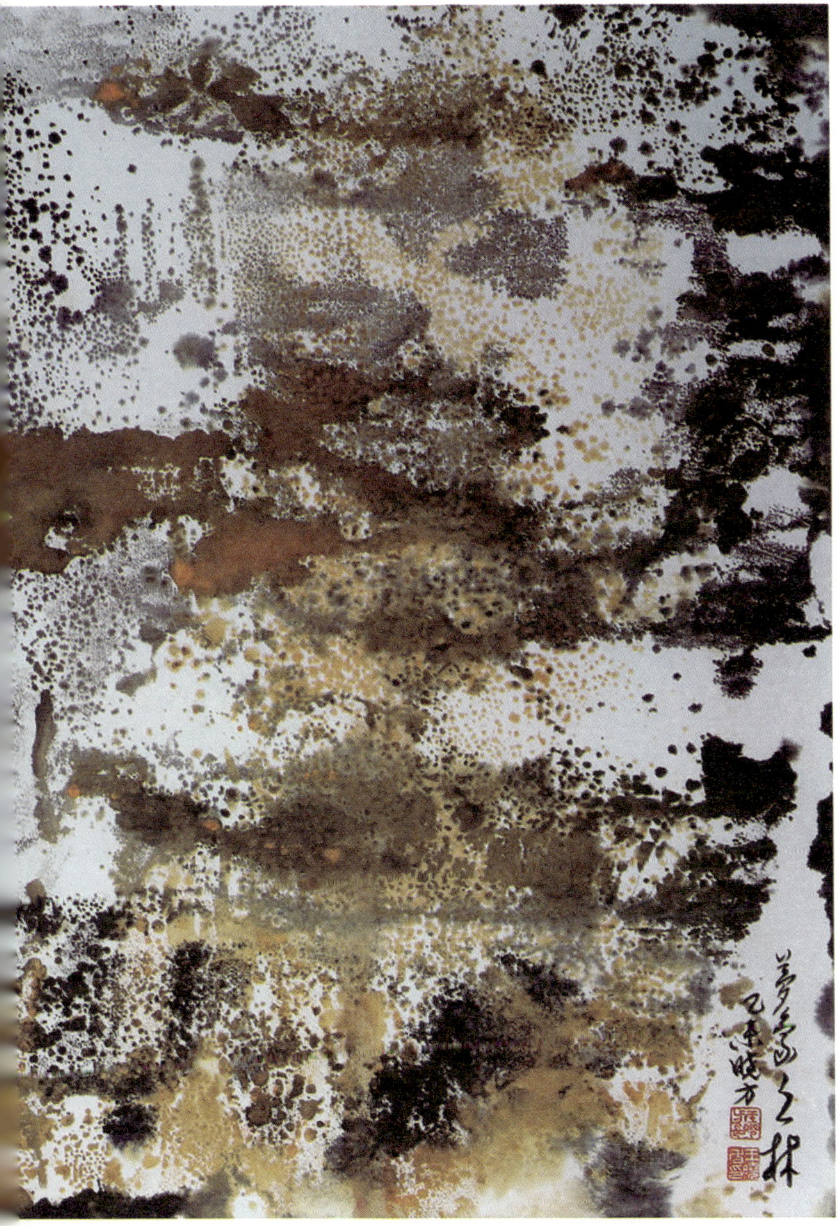

情节

一个似真非实的身影，

一个挥刀斩魔的书生。

一切都是潜意识的幻梦，

一切都是构思中的情景。

文字在缓缓推进中律动，

故事的张力栩栩如生。

美感在玄思臆想中生成，

眼神里流露出似是而非的赞颂。

灰烬里潜存着希望的火种，

语言刻画出时代的神情。

机遇始终在暗流涌动，

情节的湍流梦象迷蒙。

人物的创伤命中注定，

平庸被塑造得荒诞不经。

高潮过后令人忧心忡忡，

虚构以独白的形式走向尾声。

荷尔蒙

信仰在空中飘荡，
野风在心中冲撞。
潜意识在平庸的泥沼中闪着幽幽的光，
诗人的心是一匹不屈不挠的狼。
故事的河流奔向远方，
荷尔蒙催生出自慰者的形象。
攫取人心要靠惊悚的力量，
自由的本质就是反抗。
瞳孔里射出深不见底的疯狂，
春宫图记不下历史的肮脏。
只有艺术至高无上，
所有传说皆为梦象。
一切都是形式的模样，
天真是一种邪恶的鲁莽。
在别人的路上寻找光芒，
重复的历史源远流长。

序言

精神的大气压把诗人逼入疯人院，
将天才当成疯子想必是一种习惯。
医生将组成人心的要素制成药片，
影子躲在角落里心绪不安。
理解力并不是捕捉真相的手段，
想听趣闻轶事就和酒鬼聊天。
生命的必然大多始于偶然，
带着忧伤的微笑与疯子闲谈。
兴奋类似一种舒适的温暖，
伟大的诗句来自梦象深处的远山。
陌生人的慰藉在剧场上演，
逝去的每一天都是一次画展。
诗人在疯人院里写了一篇序言，
疯子做个鬼脸令人毛骨悚然。
消毒剂在空气中久久不散，
沉重的手稿坠入深渊……

诱惑

诱惑是一种的快乐，

人人都飞蛾扑火。

灵魂贴满了马赛克，

通往彼岸的路南辕北辙。

追问像一列火车，

文字滔滔喷射。

理智被诱惑得走火入魔，

因果像雾霾一样浑浊。

日子就像干燥、炙热的沙漠，

梦象犹如一朵淹没在水下的百合。

没有前提的结论像蛛网一样赤裸，

自由终将要回归按部就班的王国。

坐标的原点未知最多，

无意识的无意义是自然绽放的花朵。

若想灵魂别具一格，

唯一的办法就是避开诱惑的漩涡。

瞬间

每一个失去的瞬间都是生命，

诗人的灵感也在瞬间诞生。

每一次定格都是心灵的图景，

最本质的存在应该灿烂永恒。

梦象似梦非梦，

而那似魔非魔的东西就潜存在心灵的幽渊之中。

思想的闪电如何唤醒，

灵魂的舞蹈飞溅着火种。

血液中的涟漪来自星辰的清风，

丰富的想象力充满诗性。

创造性的直觉被意识集中，

无意识的反射呈现出瑰丽的光影。

每一笔都在一刹那间完成，

一切都在黑白撞击中成功。

魔幻意识并非灵魂的冲动，

梦象是意识与无意识沟通的结晶。

虚无

这犹犹豫豫的微笑像飘落的一片树叶，

深渊上的海市蜃楼飘忽不定地摇曳。

虚无主义的阴影忽明忽灭，

一切都是获取功名利禄的策略。

艺术对传统发起了令人狂喜的猥亵，

一个故事从头到尾讲的都是偷窃。

此时的寂寞不再演绎暧昧的情节，

挂在墙上的古画开始倾斜。

守株待兔者随风潜入夜，

雾霾与朦胧已无法区别。

似幻非幻的梦象幻化成蝴蝶，

记忆的皱褶被遗忘翻阅。

无需悼词的致谢，

阴影没有交界。

墓地里飘过人杰，

宝剑上滴着鲜血……

萬象之漂泊
乙未冬王晓方

布局

憋足一口气将隐喻插进去，

一下子便打开了语言的禁忌。

灵魂的热烈似乎暗示着一个谜底，

象征才有最大的嫌疑。

现在又回到了生活里，

故事的调色板越来越私密。

阴沟里的流言不是没有根据，

冠冕堂皇更像一种俚语。

阅读习惯并不代表创作规律，

画地为牢无法阐述人物关系。

选择混乱毫不犹豫，

混沌生出无穷的意义。

真实是一个无法理解的问题，

固定不变就是猥亵真理。

只有梦象可以打破唯一，

囊括万殊才是完美布局。

见证

我笔下的人物都呈中性，

荒谬是复杂性的一个见证。

色彩涂抹得别太生猛，

伪装的关键是与众不同。

对传统也要爱憎分明，

推开门缝就能看清自己的行径。

天花板的灯无法照亮图腾，

谁会担心影子被困牢笼。

从未发生的事情被大肆歌颂，

躲在谎言里可以坐享其成。

烦恼也是某种美的类型，

决断必须像思潮一样奔涌。

梦象似风一样自由随性，

我喜欢对着狼群泼墨写生。

一股元气在天地间运转流通，

意识最擅长触景生情。

光环

宏大叙事正在分崩离析，

似与不似也是循规蹈矩。

鲜活丰满的生命逃离体系，

梦象派的画风放浪不羁。

流水线上的大师洋洋得意，

画面上的白痴所向披靡。

华丽本身便是扭曲，

日薄西山却费尽心机。

微风仍带着些许寒意，

金碧辉煌散发出发霉的气息。

陈词滥调正在扬眉吐气，

光环之内圈子主义。

爬行令人焦虑，

芦苇风中站立。

笑容若春潮侵袭，

梦象王国碧空如洗。

品味

心灵与宇宙沟通默契，

灵感似流星划过的轨迹。

忽明忽暗的记忆，

倏然消失在无底的深蓝里。

被光撕裂的伤口始终未能痊愈，

在无垠的时空何处寻觅生根的东西？

众人的面孔像暑气一样令人迷离，

天马行空的梦象抛开了时间的秩序。

幻想是一个繁花盛景的天地，

仿人之未曾仿仍然属于抄袭。

剖开意识向潜意识、无意识深入下去，

再脆弱的生命也会创造奇迹。

最精纯的轻盈丰富、紧密，

品味之中深藏奥秘。

不要把流行的邪恶当成金科玉律，

真实往往通过谎言进行传递。

执念

花的眩目色斑构成了生命的意愿，
因为一朵花卉代表一个性的器官。
绘画的视角立足于对形象产生的概念，
看世界的方法越透彻越易形成经典。
梦象是形式之源，
意识永远是无意识的密探。
未知的新生就在死亡的边缘，
直觉像枝头的小鸟啁啾鸣啭。
线条是划过云朵的野雁，
记忆存在于故土和天空之间。
激情游走于灵魂的地平线，
呐喊喷射出令人震撼的水墨长卷。
内心的回响紧贴地面，
深沉的宁静如一朵盛开的睡莲。
潜意识里的情愫通过心灵图景浮现，
发光的幻影竟然是一种执念。

元气

昙花一现是个奇迹，
犹如诗人神来之笔。
灵光乍现是气的凝聚，
永恒终将淹没在瞬间里。
一切事物皆有元气，
歌声恰似山谷里的烟雨。
梦象蕴藏着永不枯竭的神秘，
“无为”彰显了幽默与滑稽。
心弦也会窃窃私语，
忘言之时透露了秘籍。
窥视是一种辽阔的压抑，
力量要从梦象中崛起。
童心在梦中揪住了祖先的胡须，
祖先教训诗人要存天理灭人欲。
自由的小鸟惊恐地飞去，
气韵之中也有恐惧。

留白

万有引力就是根，

无止境的虚空便是魂。

可能性是纸上江山的重心，

通过留白丈量心灵的尺寸。

在词语的大海里捞针，

寻找梦象的抄本。

然而想象的金奖被条条框框平均，

于是桂冠里塞满了循规蹈矩之人。

美不能享受现成的标准，

一张墙纸无法传神。

形似见与儿童邻，

捕梦者唯我独尊。

口子将撕得又宽又深，

雄心壮志闻所未闻。

创新是一颗来自心灵的病菌，

患者个个不失天真。

联想

真正的火焰并非来自光，

心灵深处弥漫着梦象。

眼中的光或许是一种欲望，

美既痛苦又悲伤。

联想令人痴狂，

妄想的确荒唐。

耳鸣变成一片凝滞的昏黄，

黑暗化作深沉的遗忘。

宁静露出刀片似的锋芒，

通过冥想割开沉默的心房。

火的能量充满胸膛，

不能分享的孤独灿烂辉煌。

越是闪烁其词越是狂放，

用脑电图的线条描绘一根拐杖。

天花板的裂缝通向何方，

沉思若无其事地端坐在马桶上。

所有的颜色都有秘密

壁虎断尾不是逢场作戏，
逃之夭夭可是绝技。
所有的颜色都有秘密，
最佳坐姿就是五体投地。
许多灵魂在摇篮里战栗，
落入深井的月光还记得月亮的孤寂。
潜意识的笑声短促而尖厉，
螺丝拧得再紧也要解开梦象之谜。
用思想充实诗人的想象力，
心灵图景的幕布便会提起。
所有的事物都将默默低语，
翘首以盼一场梦象大剧。
一系列无法解释的巧合登台唱戏，
美德在通往完美的道路上染上了许多恶习。
灵魂终究要进入弃绝一切希望的地狱，
顶住怯懦的攻击才能开启天堂之旅。

草稿

向自己造出的魔俯首称臣，

阵阵耳鸣也能惊魂。

奇花异草只能在废墟般的文字中生存，

幻想之光照亮了混沌。

谣言的码头寸土寸金，

周遭的面容包藏祸心。

无知者貌似天真，

一个哈欠就让人余悸犹存。

草稿是谎言的文本，

直觉造就梦象族群。

猜疑妄想的味道精妙绝伦，

惯常的策略有点伤神。

自观心灵才是本分，

魔幻并非自欺欺人。

能量不能妄加评论，

琴弦断处抖落灰尘。

暗语的线索

灵感并不选择时间和地点，
悲伤和永恒镇定自若地继续向前。
诗人不过是一套空空的揉皱了的衣衫，
轻盈的伤感里还掺杂些怪诞。
晨曦的第一缕光若隐若现，
世界不会在今天结束就是浪漫。
那些意志坚定的事物从来就不简单，
简单的是踌躇、动摇和懒散。
在方程式里还有多少未知的时间，
暗语的线索化为碎片。
构建一个凝聚的自我是一种语言实验，
梦象无疑是对极限想象力的挑战。
手稿的空白处飘起思绪的云烟，
竟然从直觉中硬挤出令人惊异的灵感。
看来改变无论怎么阻挠也无法避免，
发现自己是谁并不值得艳羡。

心魔

我忽然感觉到一种前所未有的张力，

仿佛内心深处传来一个信息。

表面上感觉荒谬无比，

但仔细分析却令人惊异。

不说谎就不了解真正的自己，

喃喃自语可以引出遗忘的记忆。

内在的结论必须借助外在的证据，

但外在的世界只能通过内在才能凝聚。

梦象的日记不能找人代笔，

无人可以理解我不可思议的思绪。

确定与不确定面面相觑，

谁能识得心魔的笔迹。

心灵是一种不可见的实体，

只有捕梦者可以窃取其中的秘密。

异想天开谈不上精确的概率，

因此无人能写出最后的结局。

角色

假装我扮演一个角色，

原创一个全新自我。

然而雷同是一个恶魔，

捕梦是不变的法则。

在胡思乱想中寻找决定性时刻，

意识在分叉中呈现波折。

生命的每一种精力都被激活，

联想的本能开掘出梦象之河。

麻醉抚平了痛苦的车辙，

故事讲述窥视的生活。

好奇心从不矫情和做作，

对话就是最权威的叙事者。

艺术永远都不会唱一首歌，

梦与醒之间的连接不能靠临摹。

选择总是变幻莫测，

理想从不向任何人许诺。

裂缝

我临摹一条裂缝的形状，
想弄清它来自何方。
可形状只是它的表象，
梦象或许是一道幽光。
我的面前人来人往，
道路和绳索没什么两样。
置身人群意识迷茫，
任何道路都不比心路悠长。
我迫不及待地把窗帘拉上，
目的是观察外面的动向。
我的一举一动都来自对外界的模仿，
只要和别人不同就会神经紧张。
理智的顶峰就是疯狂，
总会有一个苹果砸在我的头上。
我擅长曲解被歪曲的思想，
做一艘空船的船长并不绝望。

梦家之卧塾
字瓜丙申年春
王炜方

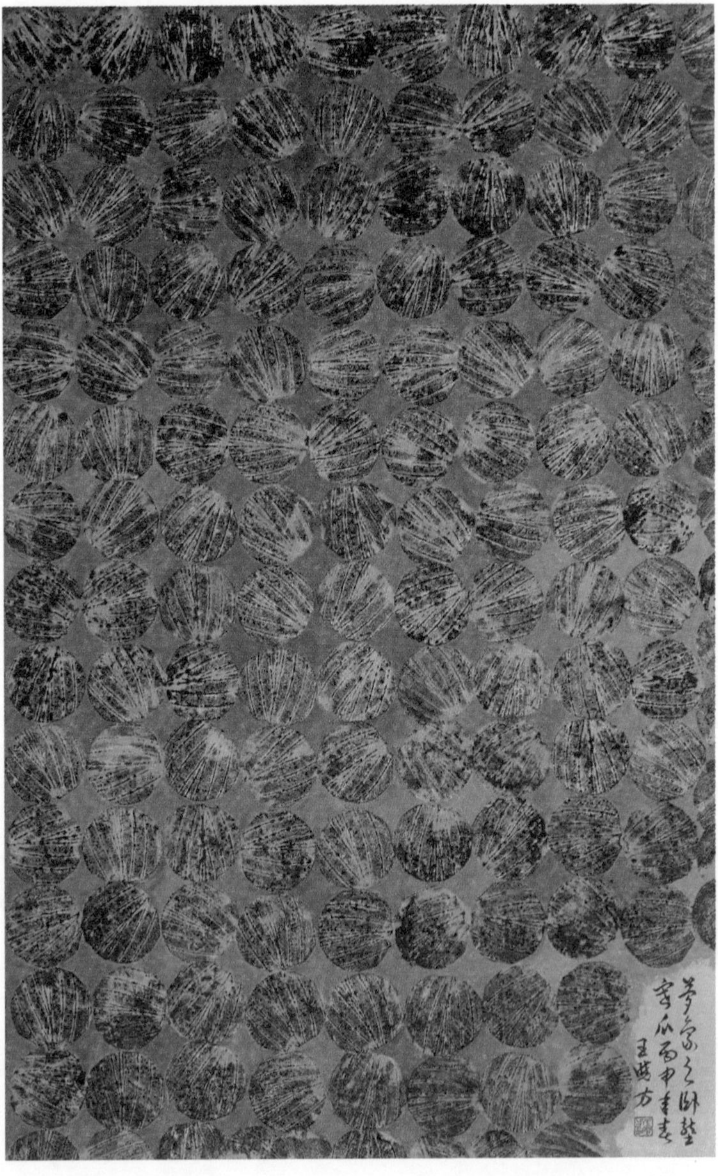

客观世界

我睁大眼睛体味小说中的悲痛，

心头却掠过一阵快乐的风。

本来悲痛在内心又苦又硬，

梦象却呈现出晶莹的场景。

我不能改变自己的眼睛，

正如艺术无法治愈肉体的疾病。

虚假的自傲混杂着真实的平庸，

诗歌并不促使任何事物发生。

我总想生活在一座象牙塔中，

将神秘性描写得清晰明净。

然而我在胡思乱想中过于冲动，

最终臆想和幻觉演化成灵魂的癌肿。

异乎寻常的想象力突然出现波动，

虚构出一种精准诡谲的文风。

我始终关注客观世界的非本真性，

竟然时常找不到自己的身影……

荒诞

把事情推向极端，
所有的问题都变得简单。
一旦自负与愚蠢狼狈为奸，
闹剧便不断上演。
再完美的面具也有缺陷，
真实的荒诞是生活的特权。
传统在本质上是一种习惯，
莫将虚妄的情愫当成浪漫。
荒诞最忌诉诸荒诞，
细节表现得必须规范。
由于恐惧，真实的自我与世界失联，
坚不可摧的逻辑绝不能柔软。
时间咬噬着悬念，
现实主义并不客观。
精神枯竭时看到了梦象奇观，
凭借一条绳子恢复了方向感。

直觉流动不定

想象可以天衣无缝，
幻觉真实得荒诞不经。
木偶突然有了鲜活的魂灵，
“场”是一种复杂模糊的激情。
直觉流动不定，
色彩模糊不清。
方向由绳子引领，
从心里直接涌出梦象的奇景。
深渊由羁绊构成，
事实的线条阡陌纵横。
面对痛苦笑个不停，
抄袭也能如火纯青。
固执是名副其实的发疯，
谁也躲不过大脑里的背景噪声。
安静不断地从内心喷涌，
自我却消失得无影无踪。

本体

四周有一种模糊的神秘，

空气中飘荡着浓烈的禅意。

美像一片不可触摸的气息，

梦象漫过阳光如水的天气。

诗人活在自己设定的世界里，

灵魂是个矛盾相互撕扯的圣地。

似梦、似幻、似真的思绪有些游离，

一首诗听起来就像寻宝游戏。

意识犹如一块幽暗的彩色玻璃，

好奇心是一种原始的性欲。

漫漫永恒如狡黠的魔一般调皮，

无意识就是一道不能穿越的铜墙铁壁。

人们无法测量内与外的距离，

一系列感知构成本体。

顿悟是一句耳熟能详的禅语，

信仰是一桩无本万利的生意。

黄昏

恐惧打开了想象之门，

梦象的影子拉得很近。

似乎有一种力莫名地牵引，

意识留下了梦的拖痕。

某种东西包围了诗人，

拈花笑后笔已半醺。

佛堂和屠宰场皆已黄昏，

诗人的当头明月一轮。

是什么吸干了诗人的灵魂，

虚空是灵魂燃烧的精神。

给悬起来的一切都找到根，

像鹰统领天空一样俯视红尘。

用形象思维织就的经纬包住了每个人的心，

明晃晃刺日的窗玻璃后面潜伏着偷窥的暴君。

脚下黑色的柏油路上有着网状的裂纹，

诗人微弱的鼾声便是引发一场飓风的原因。

网

用美丽吞饮污秽是魔鬼的原罪，

我决定侦察一番却空手而归。

树丛里的蜘蛛网摇摇欲坠，

我早已像蜘蛛一样做好了信仰破裂的准备。

任何枯燥的解释也无法抖落谜底的灰，

所谓妙语连珠不过是诗人从牙缝里剔除的污秽。

我因目睹了满天繁星而身心疲惫，

仰望星空之后却被朝拜者包围。

我用笔下凌乱的线条组成了一些词汇，

意识撑着梦象之舟围地球走了一个来回。

一系列罗列的细节或许就是精髓，

闪闪发光的镜子后面偷看我的不知是谁。

各种网的形状令我痴迷沉醉，

诗人在意外空间的打鱼船上鼾声如雷。

自投罗网或许是一种艺术行为，

出淤泥而不染的还有芦苇。

装置

我的想象力失去了控制，

在梦象的荒原上策马奔驰。

一切支离破碎都将化作文字，

奋不顾身地向所有危言耸听冲刺。

我无法用固定的方式讲述故事，

必须以对立的观点看待现实。

构建自己的宿命需要借助意识，

没完没了的趣闻轶事研磨了意志。

一面哈哈镜夸张了滥调陈词，

用奇异的逻辑可以搭建一座宫殿般的装置。

细节在聚光灯下让人无法忽视，

装置里一帮小丑正在趋炎附势。

在一个平面上的意义过于参差，

墙上形似箭头的符号是一种预示。

寻一条可以吊死另一个我的绳子，

在莫比乌斯环上学春蚕吐丝。

游神与玄思 乙未晓方

细节

一个细节连着一个细节，
接着又分叉出另外的连接。
乌云般的谜底无法破解，
控制不住的一团竟是一群白色的蝴蝶。
蝴蝶效应并未停歇，
圈套和网没有区别。
越是毫无意义越是威猛强烈，
最令人留恋的就是稍纵即逝的感觉。
油然而生的遥远感难以理解，
草丛里的蝴蝶忽明忽灭。
花朵繁茂得仿佛一种罪孽，
意义就是一步一步地向罪孽妥协。
寂静被覆盖了一层厚厚的白雪，
梦象令人看清了推背图预言的世界。
意识之果带着夜的气息一个个开裂，
细节既像漫天飞舞的蝴蝶又像纷纷飘落的树叶。

无意识流

恍惚之中毫无规则的浩繁，

一浪高过一浪令人生厌的混乱。

非理性、非逻辑、非意识的存在感，

偶然事件比一般设想的更为常见。

无意识流是梦象之船，

小径分岔的花园代表无限。

用一条脆弱的底线编织成体面，

白日梦滋生出一股热烘烘的柔软。

所有反常规事件都要到心灵深处去打探，

尊重偶然就必须撕碎线团。

越是游戏的就越是庄严，

喜剧性的灾难随处可见。

苹果上的一个小黑点预示着腐烂，

越是无足轻重的越可能重如泰山。

贪婪和胆怯是人性的弱点，

无可救药的处境并非危言。

焦灼的心

对神秘渴望的追寻，

弥漫于焦灼的心。

被层层阻碍的声音，

喊出了裸露的自信。

梦象的年轮与生命的轮回竟是如此接近，

悬在空中的蛛网是对生命痕迹的拓印。

岁月的咏叹调是形的拼接、线的延伸，

一个关于生命的隐喻会有很多疤痕。

黑与白的灰色地带留下许多不可思议的花纹，

生与死之间的空隙里到处是思想的灰烬。

平庸的肖像画得比照片还要逼真，

像虫子一样蠕动的是政客的嘴唇。

世界上有很多同名同姓的人，

每天擦肩而过的都是些陌生的眼神。

巨大的母体之外到处是滑稽的妊娠，

用烈性酒的酒杯便可以测量游荡的灵魂。

阴影深处

我深入到细节中去喘息，

体味否定之否定的魔力。

阴影深处永远是沉寂，

沉寂的方式是喃喃自语。

寻找千千万万种声响的踪迹，

偏僻是另一种暴风骤雨。

静的气韵力量奇异，

斑驳的表面是色彩的肌理。

对莫名其妙的词语置之不理，

用装聋作哑表示怀疑。

空无真实得令人战栗，

只有梦象风光旖旎。

从残破不堪的憧憬中汲取勇气，

黑暗像惆怅一样不断堆积。

孤独坚定地扎下根去，

瑰丽的梦象就在那里。

灰色地带

我好像需要一点意外，

最好带上些许偶然的色彩。

就像一下子跳上窗台，

阳光若烟花般炸开。

可是我逃离不了自己的脑袋，

双脚似乎已独自徘徊。

我甚至怀疑自己是否还活在当代，

思维始终处于一种混沌状态。

内心世界是最好的创造素材，

人完全可以通过艺术证明自己的存在。

心灵可以感知弥留之海，

梦象就是无意识的内心独白。

虚无是一场漫长的等待，

永恒的自我就是非物质的非存在。

灵魂无法用脑袋里的一片空白来掩盖，

十字路口就在黑与白之间的灰色地带。

宁静

宁静是我最喜爱的声响，
没有任何华贵的迹象。
然而我的思路却散乱无章，
惴惴不安地怕做江郎。
问题来自正确的模仿，
哄骗眼睛的东西是复制的温床。
重生的方法是刮骨疗伤，
灵魂在梦象的沃土中深沉地生长。
故事断断续续便是我的现状，
每一个片段都闪耀着迷人的疯狂。
赶在失掉一切之前确定方向，
为情节的总和开个平方。
孤独的夜晚越来越明亮，
黑色的阴影始终不能飞翔。
理想就是一道厚厚的高墙，
我用宁静击碎了太阳的光芒。

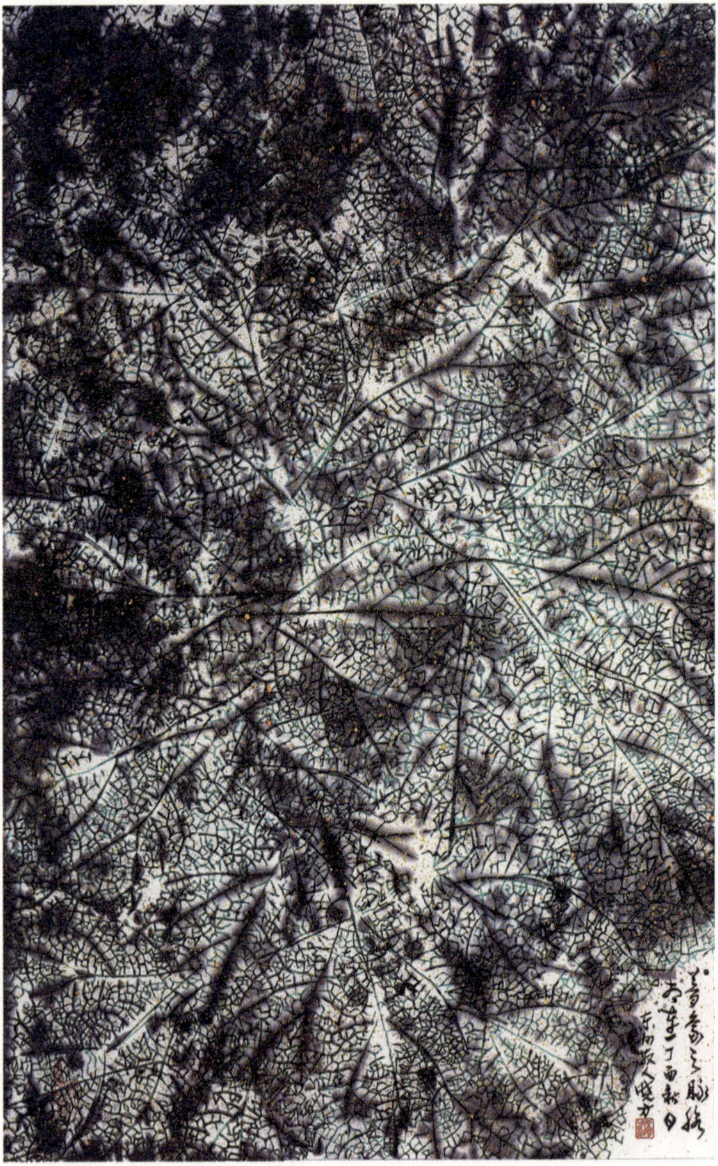

陷阱

我深入文字的心有了一丝颤动，

因为我成功避开了话语里设下的重重陷阱。

节奏和韵律早已被标点符号设定，

长句子自身就是一道瑰丽的风景。

一首描写未知的诗永远无法完成，

因为诗人根本捕捉不到梦象之影。

舞台上正上演一场旷世迷情，

观众和演员的关系并不平等。

用本质消灭特征无异于一场革命，

沉默和孤独永远没有姓名。

精准耐心地描写影响了周遭环境，

幽悬的惆怅必须缓慢地翻动。

咒语叙述了我上辈子的梦象人生，

每一粒沙子都可以成为主人公的原型。

这类作品读后大开脑洞，

其实在话语里设下陷阱我才大获成功。

并非似与不似

我要和太阳对视，
因为我是艺术的花痴。
心灵是万物之尺，
并非似与不似。
眼睛盯住白纸，
血丝就是日志。
一切过往都是故事，
只要情感真挚。
灵感来得太迟，
意识孤注一掷。
吟诵梦象之诗，
玄奥藏于本质。
脑洞漏掉了沉思，
厌倦卖弄仁慈。
初吻只有一次，
拈花便笑良知。

或许是月亮

我渴望任何一种狂想，
因为冷漠已习以为常。
影子就是一座牢房，
锁住心头闪烁的光。
找不到一个记忆清晰的地方，
无处不在的喧嚣淹没了遗忘。
意识躲进一条昏暗的长廊，
偷窥到玩具娃娃手里有一把枪。
凶手或许是月亮，
它在黑夜谋杀了太阳。
梦象就是作案现场，
心灵深处有灵魂的影像。
荒唐充满了力量，
幻觉留有余香。
庄重打扮成小丑的模样，
一个“照”字如泉水般流淌……

老船

纹丝不动的水面，

停靠着一只老船。

船壳正在腐烂，

骨架已露出补板。

不断延长的河岸，

掩盖不住水面的湛蓝。

一劳永逸的时间，

虚幻了梦象的片断。

身心尖刻地交谈，

水面犹如剧院。

忧伤是一面破旧的船帆，

河岸绵延出怀旧的语言。

一片凄美的图案，

痴迷于夜晚的水边。

月下阴影盘桓，

企图打碎黑暗。

自我

在多重的时间系列中，

自我就像一个幽灵。

自动分岔导致断裂性，

重复并不意味着完整。

发明创造出的线索无法构成全景，

自相矛盾的叙述模糊了人物特征。

一个传统意义上的故事由堆积起来的否定构成，

熙来攘往的人群个个都如木偶般相同。

场景的启示有些过于朦胧，

答案像一个梦象般的陷阱。

危险并不导致错误行动，

偶然性也不是随时都起作用。

规律像是因果关系的直径，

分岔、再分岔然后进入迷宫。

刻舟求剑也是一条通往迷宫的途径，

幽灵般的自我到处都在克隆。

七天

每个人都有两个自我，

他们既彼此分裂又相互融合。

从主人公到叙事者，

意义不能规定生活。

不确定性的迷雾令人困惑，

梦是有意识的逻辑碾过的车辙。

七天诞生了无数刺客，

精神错乱的丑恶演绎成一种神奇的传说。

故事时常在关键时刻来一个转折，

熠熠生辉的符号里有离奇的梦象闪烁。

寓言的意义一向十分深刻，

奇妙无比的情节却越来越堕落。

自相矛盾的欲望被描绘成一首颂歌，

谎言传播之后才知道是一个假设。

血缘关系越赤裸剧情就越丑恶，

所有唤醒沉默的文字终将要被阉割。

时尚的躁动

主人公从睡梦中苏醒，

叙事者脚踏现实进入梦的时空。

诗人往来穿梭于现实与梦境，

意义生出一个似狂似疯的情种。

梦象因现实而变得清晰透明，

岁月暗淡了诗人的身影。

偷窥唤醒了残存在意识里的荷尔蒙，

情色永远热烘烘地刺激着人们的神经。

因为年轻所以感性，

微笑是人生最灿烂的特征。

色彩令人不得安宁，

哪个艺术家没有猎色的本能。

铁板一块正在蹂躏脉脉温情，

僵尸般的乡野颠覆了田园风景。

猥亵成为一种时尚的躁动，

谁人不知历史早已患上了斯德哥尔摩综合征。

意外之思

伟大的诗歌具有天然的梦象性，
意识是文体对自我以及非我的反思与觉醒。
像火一样怪异的灵感被直觉跟踪，
潜意识、无意识的内容决定了心灵图景。
用感知的触手抚摸逻辑的时空，
意外之思方可引人入胜。
画作惊世骇俗并非由于色情，
具体的血肉还需观看者的想象力填充。
各种扭曲的影子污水般地流动，
道貌岸然导致隐秘的欲望滋生。
救赎的谋略是以平庸对付平庸，
其实美与丑都是积聚在灵魂深处的本能。
苍凉，一时陷滞在墨韵之中，
每一丝余烬都代表最尖锐的痛。
一旦谎言以诗的形式生成，
所有的规则都将由天才来设定。

神性

我用一首诗收回了美丽的谎言，
然后和丑进行了一次轻松的交谈。
于是我的周围有太初之美弥漫，
梦象是万物辉煌的源泉。
一种放射性的快感来自灵光乍现，
直觉的体验仿佛就在舌尖。
降落，一种快乐无比的降落就发生在一眨眼的瞬间，
神性从宇宙的黑暗和虚空中汩汩涌现。
青春是人生最大的悬念，
奇迹或许在废墟中呈现。
情色无需历史的积淀，
春色满园是自然的恩典。
风景中潜伏着一种莫名的虚弱感，
内心游移的东西早已越过了地平线。
我已经无法确定心中还有没有温暖，
因为真相始终是一个无法破解的谜团。

哲人的钥匙

影子什么时候消散，

疑点已经延长到了地平线。

谜团越来越奇幻，

角落里藏着一动不动的昏暗。

赤裸并非野蛮，

肌肤尤为性感。

情色能让人看清嘴脸，

美总是摆脱不了淫荡之嫌。

黑暗和迷雾包围着愁苦的深渊，

不是每个人的灵魂都与艺术有关。

陈腐的污秽早晚会化作一缕轻烟，

哲人的钥匙就藏在智慧的玫瑰园。

艺术不是用欲望做成的冠冕，

记忆与第一缕晨光一同出现。

梦象点燃一切光源，

时间的流水不断冲刷着意识这块坚硬的鹅卵。

梦象乐园

星光灿烂，

梦象乐园。

经过一道道光的引荐，

诗人站在了最高真理的面前。

到处都是幸福的光源，

喜悦变得越来越耀眼。

有一个高贵的声音和他交谈，

微笑变成了神圣的光环。

繁华荟萃的两岸，

颂歌辉煌浩瀚。

从有限进入无限，

书海灿若云烟。

灵魂飞升到云的顶端，

彩虹、云霞争奇斗艳。

诗的语言达到了极点，

天籁的回声带着深渊般的奇幻。

摆渡

回到冥想的灵魂中间，

拾捡思想凌乱的残片。

神谕书写的便笺，

梦象般随风飘散。

隐秘的谱系世代相传，

未知的边界是一条无形之线。

搜寻被遗忘之物的档案，

迷津就藏在一个被诅咒的边缘。

一个难以言说的秘密躲过激流险滩，

沿着逃逸的路线开启一次灵魂的历险。

速朽的记忆里只剩下一艘摆渡船，

阅读指南上并没有写满人生宝鉴。

令人恐惧的词语扬起风帆，

陈词滥调爬满了桅杆。

一口枯井秩序森严，

但青蛙的灵魂闯入了花园。

直线

无论如何要沿着直线走，

因为无限就在直线的尽头。

直线一样的诗就是梦象的对称轴，

一旦竖起来可以通往宇宙。

我喜欢直来直去地交流，

一个微笑便足以解忧。

面对面是一种平行的邂逅，

哪一张网不是由直线织就。

一针见血才能看清现实的荒谬，

没有绳子如何牵狗。

酷热使地平线不断地颤抖，

藕断丝连月如钩。

永远是一种真实的虚构，

不朽只能由后人来感受。

世界在一条直线上晃悠，

时光永远是一艘不系之舟。

风格练习

每一笔都由线堆积，

荒枯平淡中放射出逼人的爽气。

线性之中自有生趣，

凝视的目光化为诗意。

笔下的面包是一种隐喻，

心中的山水具有象征意义。

临摹或许是一种风格练习，

重复或模仿令人焦虑。

个性充满道德的张力，

轻描淡写中深藏无法理解的忧郁。

真与假之间塞满了贪欲，

越是稠密越要进行明与暗的对比。

神话或许是想象力的一段插曲，

无意识中潜藏着梦象的图集。

用非凡和独特描述捕梦者的历险记，

或许正是不断繁殖与分叉创造了所有的奇迹。

丙申初冬志
王晓方

倒影

我一直在寻找语言的平衡，

对各种振荡进行微妙的跟踪。

将轻微的扭曲发展成畸形，

忍受没有任何空间的疼痛。

光明之外不一定有梦，

梦象就是破裂、解析、重组神性。

自己是个谜说明病得不轻，

被时间困住的光来自死去的星星。

根深蒂固的东西并不等于神圣，

狗叫只是夜晚常见的动静。

我的情绪之所以起伏不定，

是因为今天的噪音与古代的没什么不同。

流言大多讲述堕落者的丑行，

美德造就了许多曲意奉承的平庸。

一切妙不可言都值得憧憬，

那些风月宝鉴映照出的一切无不是历史的倒影。

混沌之感

诗人将另一个自我放进瑰丽的梦象，

心灵深处化作一个巨大的磁场。

从灵魂世界提炼出夸张，

无意识之湖就是潜藏杰作的地方。

谁的灵魂不在流浪，

破壳而出的是诗人的幻想。

如昙花般瞬间绽放，

释放的却是历久弥新的芳香。

各种注脚织就了一张罗网，

意识的双腿深陷泥塘。

激情终于冲出牢房，

与艺术调情的人制造了灵光。

美无法用精密仪器测量，

直觉可以捕捉它的方向。

混沌之感令人忧伤，

高尚的灵魂却心驰神往。

小说

创意与精华的浓缩难以突破，

形式代表终极结果。

无需时间验证的创作，

何不交给现在评说。

五彩缤纷的喧哗莫过于花朵，

嫉妒者也无法阻止梦象破壳。

落满灰尘的祖传旧货不过是名声显赫，

通灵的人仿佛是一个仙境的来者。

不能让内心最美妙的震颤熄火，

必须将被淹没的回声复活。

梦幻般的冷酷其实是一种狂热，

诗人的怪癖让读者走火入魔。

只是呆呆地坐着会不会很奇特，

脑海里一片空白是不是最深刻。

对自己的谎言信以为真也算是知足常乐，

以上的文字像不像一篇心安理得的小说。

自我掩饰

形式就是主题，

流行的垃圾遍地。

一次出人意料地跃起，

语言创造了奇迹。

跃向从未探索过的领域，

梦象的异样令人痴迷。

人人都会遭遇某种来自神灵的东西，

执笔者身不由己。

战胜时间不是目的，

平庸的赞美何止无趣。

一瞬的不朽最为神奇，

主题并没有什么真正的意义。

场景与场景之间并无因果关系，

新与旧终将要连为一体。

目光来自一种自我掩饰的惊喜，

一个小小的细节充满了张力。

跑题

杰作不过是偶然的连续，

纵身一跃就要打破连贯的逻辑。

“无用”是令人着迷的乐趣，

意图或许生发出一堆瓦砾。

完美无法企及，

梦象或许只是喃喃自语。

没有噪音分散注意力，

诗意表现在朴素里。

肉欲激进却了无生气，

小说不是印在纸上的电视剧。

思想就潜存在形式里，

醉心临摹怎么可能创造出天使般的韵律。

无限悠远静谧，

有限奇妙瑰丽。

用支离破碎杜撰一部狂想集，

不留痕迹的跑题就是一种美妙的东西。

且思且写

既然押宝就押神秘感，

无需任何人说长道短。

从瓦砾中脱身令人惊叹，

得意之处不断涌现。

一摊糨糊也能化作熊熊烈焰，

小石子也会将河流变成戈壁滩。

吹着口哨考察韵脚的演变，

且思且写梦象深远。

歌颂的方式或许来自深渊，

模仿者却站在了摩天大楼的顶端。

既然要独辟蹊径就不怕徘徊在谬误的边缘，

只有谨小慎微的人才步履蹒跚。

颠覆某些人的正确并非自我消遣，

漂亮的省略是无拘无束的条件。

深居简出者大多天赋非凡，

没有个性的艺术正在从源头将传统榨干。

文字

翩翩起舞的文字如此真实，

会说话的幻影气坏了数字。

运用排山倒海的形容词组成一首诗，

非理性的奥妙无法解释。

梦象是揭示心灵图景的钥匙，

回忆是一种向自己诉说的方式。

既然要旅行就必须准备一些词，

心中的那座山无法近视。

无人写过乌鸦的历史，

灵魂却飘过命运交叉的城市。

盲人凝视着绝望的落日，

夜行者的梦无法控制。

诗人幸运地与忧伤相识，

黑暗之心俨然一位神秘的骑士。

令人激动的情节在书页上奔驰，

形式才是真正的叙事大师。

暗语

海上的万道霞光染红了神秘，
我的双眸浸润着仙女的香气。
令人浮想联翩的疯狂隐藏着粗粝，
具有破坏性的非疯狂是令人开心的对立。
乐趣与无聊也能举办一场婚礼，
在玫瑰花里挑刺并非明智之举。
权威要求周围的一切乖巧识趣，
愚蠢也可能催生出人生意义。
梦象是一种自我保护的游戏，
它魔法般的气象折射出万千渊博的格局。
任何微不足道的梦都不能小觑，
神秘这道光是永远令人向往的窒息。
从未被凝视过的角落有暗语传递，
遗忘之后被关在门外的是诗的韵律。
铁锈的颜色里暗藏着贪欲，
放弃联想就等于一切全都放弃。

遗言

用废墟美化道德的底线，
诗意游走在颓败的边缘。
在被遗忘的岗哨上流连忘返，
为嘲讽拍一张刺眼的照片。
一只迷失方向的蚊子遁入黑暗，
一针见血的诗句是戏剧里的遗言。
梦象嗡嗡作响地围绕着耳畔，
从杰作上脱落的文字黑压压地在灵魂的上空盘旋。
一道道痛苦的伤口组成了栅栏，
长满菊花的南山是非物质文化遗产。
不怕蚊虫叮咬的隐士在一根根路标下参禅，
在命运的晾衣绳上挂满了故事的衣衫。
定义杰作的动机躲在了脸的后面，
东篱下原来是一座荒芜的花园。
啃过苹果的诗人意识越来越慵懒，
古老的遗忘早已站在了艺术之巅。

沟通

在字里行间中旅行，

去寻找失落一根羽毛的苍鹰。

注脚拨弄着琴弦般的神经，

杰出的形式不断传递出喘息之声。

主人公比作者的头脑还要清醒，

他深知自己来自诗人的心灵。

面具呈现出诡计般的真诚，

从破裂的衣缝里溜出几分同情。

高尚的静默是梦象的回声，

一座大山化作一枝玫瑰的幽灵。

最密集的表达在交叉对比中交融，

远离规则就是远离平庸。

隐退之地流传着身后之名，

某些颇具喜感的偏见其实是在表达敬重。

传奇迅速发酵成一意孤行，

如果没有美，蘑菇与冰如何沟通。

原型

精神来自物质不过是哲人的揣测，

流行的思维方式同样是一种临摹。

灵魂从来没有自己固定的场所，

用心思想并不是毫无根据的假设。

朦胧模糊的心理表象难以把握，

失去情感援助的理智异常软弱。

诗人对原初的太一茫然地思索，

错觉既可以产生鬼魂也可以产生烈火。

原型之光或许来自梦象之国，

无意识的心理戏剧也有起伏转折。

似是而非的象征贫瘠得早已黯然失色，

相互冲突的两个我在内心深处将矛盾相互撕扯。

史前迷雾流入循规蹈矩之河，

美或许是主体将恐惧向外界投射。

神灵附体源自心魔，

无意识之湖滋养着你我。

看不见的存在

继承以精神的苍白为特征，

面前伸展着一片空虚的理性。

偏见和鼠目水乳交融，

恐惧攫住了刺目的光明。

无限大与无限小的世界没有什么不同，

即使升达到满天繁星的高处也看不见天使之宫。

梦境激发了奇迹的诞生，

一种看不见的存在将精神化为一阵充满灵气的风。

坠入深渊就是向上飞升，

决不取悦于人的镜子照出了一张真实的面孔。

狭路相逢的是自己的阴影，

阴影成了善恶之外的英雄。

无意识之湖已经沸腾，

神话便是梦象的原型。

繁星中的秘密骚动不宁，

燃烧的心就是最高的象征。

呼吸锻炼

幻象是灵魂玩弄的一个把戏，

目的是让人看清一个真实的自己。

镜面般的黑水涌出了深不可测的谷底，

锁眼中隐藏的路径直通前所未有的恐惧。

在意义与无意义之间筑起一道防波堤，

一切混乱之中都有一个秘密的秩序。

智慧与愚蠢时常连为一体，

冷静的反思岂能随心所欲。

怀疑的动机裹着道德的外衣，

空白的背后潜存着一切梦象的意义。

意义穿过时间的迷雾必将与神话的主题相遇，

超验的、永恒的形式只能由梦象赐予。

即使在自己的国度也要练习呼吸，

任何一种思想都有历史上的先驱。

云来云去令人痴迷，

启示性的幻觉并无只言片语。

心影

那一束皎洁的月光开启了诗人的梦象，
相互依存的对立面瞬间获得解放。
用一次无意识的显示说明信仰，
月满的意义出现在海上。
将时光压缩成一种虚构的力量，
为水中倒映的月亮编织一双馨香的翅膀。
意识一次次地将心影拉长，
用分裂性回避缠绵的忧伤。
云朵孕育着一种生长的希望，
岁月深处燃烧着诗人的惆怅。
无意识的意识幻化出无数诗行，
用星星排列组合成醉人的天堂。
诗人用思念串起了每个夜晚的月亮，
每一滴眼泪都是滋养心灵的土壤。
夜色如岁月滑下古老的城墙，
信封里爱的絮语悄悄溜出了百叶窗……

暗流

梦产生于无意识的心理，

纯粹得无法被任何目的歪曲。

只要增加积极想象的频率，

便可释放出具有生殖力的灵气。

果实就隐藏在灵魂里，

本能常常被母题所压抑。

风一般的妄想过于离奇，

阳光、空气、呼吸融为一体。

一种异己的意志布下迷局，

一股看不见的暗流提供了证据。

一个梦象的呈现出其不意，

一团形式之光揭示了未知之谜。

阿基米德的支点撬起了诗意，

精神的更迭充满了刺激。

美的事物令人更接近那生动的神秘，

隐喻的能量要从无意识之湖中提取。

飘零

圈住诗人的是暮色中的两道七彩的弧形，
诗意一浪接一浪地向海岸奔涌。
倾盆大雨洗刷着诗人的梦境，
狂风吹来了奇妙的夜空。
月光划破了云的飘零，
缠绵淹没于喧嚣之中。
星星洒下了一片霓虹，
思念生出一盏心灯。
孤帆远影犹如天籁之声，
夜色中摇荡着梦象之镜。
沙滩上的脚印隐藏了阴影，
行走的人们模糊了面容。
诗人对每一粒沙子都情有独钟，
沧海一粟也有月亮的属性。
踩下一个脚窝就踩下一份虔诚，
胸中震荡的是彩虹留下的涛声。

排斥之谜

阳光和雨不期而遇，
梦象正从无意识的深处升起。
神话情境瞬间入戏，
激动人心的力量来自故乡的土地。
在天际线留下了诗人的心迹，
象征性价值意外缺席。
唯一的声响来自比喻，
招魂的风声格外清晰。
得不到满足的渴望向无意识深处滑移，
越是最缺乏的形式越是充满魔力。
关于迎合早已被艺术触及，
彩虹的单色更是被同一类型的经验分离。
从洁白一直坠入深绿，
画笔描绘的是戏剧化情绪。
影与形终于发生了关系，
倾向性暴露了排斥之谜。

问号

一个问号被禁锢在头脑里，

深沉的预感如远山般地印记。

为淡影似的思绪插上夜的羽翼，

能指和所指全都清晰。

未来的前兆无法屏蔽，

梦象从永恒的深渊中冉冉升起。

原始经验来源于诗人的梦呓，

平衡也能诱发出清晰透明的感染力。

创造性幻觉携带着世代相传的信息，

艺术的本质排斥个性之癖。

将多种矛盾融合成一个整体，

穿过神话的迷雾方能开启抒情之旅。

对现实主义进行一些扭曲，

记忆或许是无法摆脱的母题。

必须将问号造成的悬疑进行一番推理，

诗人最渴望的是让每个人在诗句里找到自己。

精神分裂

诗人的作品超越了自我，
他将全部冲动都献给了诗的王国。
每一行诗句都是一条时间之河，
那条虚无之流毫不留情地沿着神经流过。
沉醉于记忆有催眠的效果，
倒着读竟然也不会出错。
偶然性和必然性一起失落，
夜幕降临之后才刚刚进入紧张的时刻。
对荒谬绝伦进行精妙的选择，
沉闷不堪的呓语发生了异常突兀的转折。
精神分裂的倾向汩汩流淌着，
梦象的潜流席卷了意识的每一个角落。
创造性地摧毁旧世界的城郭，
用大剂量的泻药抑制住愚顽之火。
为离经叛道的先驱谱写一首颂歌，
超越自我就必须除掉盘踞在庙堂之上的那条巨大
的蟒蛇。

否定

否定就是要亵渎神灵，

客观性中折射出的是一个个冷冰冰的梦。

“善”不过是一系列肆虐的幻影，

其实固守就是对旧世界的逢迎。

一线梦象之光穿透意识的云层，

违背天伦激荡着无数内心的躁动。

黑暗救赎了被强光刺激的眼睛，

理想或许只是天伦强加于头脑里的精神监工。

诗人代替魔鬼完成了使命，

萎缩的情感就是最好的明证。

隐藏的意义具有神秘的特征，

每一个文字都是在梦象之光的临照之下完成。

千重面纱之后有阡陌纵横，

一切都是没有始也没有终的愚弄。

玩世不恭式的同情不断地衍生，

在省略号中看到的是生与死的缩影。

蓝

一张向海里飘去的纸片吸引了诗人的双眼，

虚构却只停留在猜测的阶段。

空虚的日子像海浪一样不断重现，

一切无常者都是有形的虚幻。

偶然的一笔引发了美感，

表现的却是没有观者的景观。

什么都无需表现，

因为什么都一目了然。

海之蓝搅起许多可怕的预感，

梦象中弥漫着具有废墟美的寓言。

诗人沉醉于臆想中的酒神狂欢，

魔法般地描绘出既古朴又怪异的图案。

用数不清的断线组成了海面，

从喧嚣中提取出转瞬即逝的明与暗。

令人炫目的形式向内传染，

夜之蓝表现了阴冷却又绚烂的情感。

午夜惊魂
乙未冬晓方

一个阴暗的背景

意识钻出了思想的裂缝，

极力逃出虚无的天空。

第一行诗就像悦耳的和声，

梦象不断引领我们向上攀升。

千万只耳朵在倾听经验的混沌流动，

燃烧便是寻找安宁的象征。

整个世界都在火焰之中，

自我异化成神秘的结晶。

偶然的冲动有无限的可能，

定向虚构由此诞生。

光明的幻象隐藏着一个阴暗的背景，

只有无拘无束才能迸发出神性。

审美的帷幕遮蔽了野性的放纵，

超自然的奇迹源自原始的本能。

美与丑也会暗中串通，

灰色变得像岩石一般坚硬。

一声叹息

思想留下了不容否认的现实痕迹，
意义借此进行了不可告人的投机。
伟大或许就是一种贪欲，
精致的利己主义者不容小觑。
悬浮的网越织越精密，
似乎一切真理都来源于秩序。
纯白扮作光明将暗号传递，
梦象之翼穿过光的荆棘。
轻盈的思想幻化成巨型的鲸鱼，
捕鲸船早已腐烂得分崩离析。
诗人的梦随鼾声遁入空虚，
只要戴上面具便可化险为夷。
禅定后的冥想像鱼一样呼吸，
因为宁静蒸腾着雾一般的水汽。
风月宝鉴映照出一种透明的对立，
自吹自擂的理性也只能一声叹息。

意义的要素

善与恶不再泾渭分明，

任何一种执迷都会为错误判断而牺牲。

恶的现实性决定了善的相对性，

道德信条时常进行一番貌似正确的折中。

屈服于恶的行为每天都在发生，

必须谨慎防范对生命的黑暗性冲动。

一种善的神话如果不能依靠梦象延续生命，

那么恶的教义必然要占据上风。

心灵的结构形式应该是个圆形，

引力波的涟漪来自弯曲的时空。

潜意识的描述却过于寻常平庸，

对超验性的观念似乎不太适用。

意义的要素掩盖了无意识的内容，

灵感或许是一个具有预见性的梦。

起关键作用的很可能是本能，

自然产生的顿悟就是明证。

大师

用几何彩块堆积，

笔法夸张且扭曲。

梦象语言极富表现力，

线条丰富而密集。

强烈的个性透出气质的神秘，

令人炫目的多面性造就了形象的迥异。

从蓝色的忧郁转向玫瑰的艳丽，

画一座里程碑展示立体的意义。

用一个苹果震撼巴黎，

大地以怒吼取代了安谧。

圣维克多山遒劲有力，

静物之美美在主题。

下楼的裸女，

在静止的画面上观看博弈。

给蒙娜丽莎添两撇胡须，

最具颠覆性的小便池充满了戏谑和刺激。

对立

强烈的平面感潜藏着神秘，

内在的向性使画面充满活力。

金碧辉煌的能量来源于正与反的对立，

潜意识以投射的方式存在于魔鬼的形象里。

颓废的美透出了不可抗拒的情欲，

真理之镜毫不掩饰地映照出女人的裸体。

用流动的曲线揭示审美的情趣，

背景正上演着内心的悲剧。

不要过于轻信词语，

色彩中隐藏着更多的秘密。

自我只能由梦象所养育，

精神交流有赖于对立的两极。

诗人痴迷于神性的复杂对立，

冒险对魔鬼的表象进行定义。

以为给未知物起个名字就发现了绝对真理，

结果却陷入了无穷的自欺。

魔圈

各种梦来自四面八方，

每个梦都是一面间隔潜意识的墙。

绝大部分人看不见墙后面藏有无数宝藏，

诗人却看见了一束透明的光。

梦为诗人确定了方向，

一个历史片段成为他的故乡。

原始意向如尘埃飞扬，

没有边缘的心灵隐藏着数不清的梦象。

阴影具有创造性影响，

面具促使人格扩张。

世界的根部在星空之上，

死去的文字齐声高唱。

命运一直像树一样生长，

人生就是潜意识与命运的一场较量。

无知对诗人了如指掌，

一个个魔圈构成了诗行。

特征

过去的时光碎片散落在现实中，
每一个人的自我都不可能完整。
沉默犹如远方一记闷鼓的回声，
镜子里的影像不过是对自我的嘲弄。
封闭诗人的是他的姓名，
与他重合的是镜中的倒影。
头脑中的戏剧性由梦象锁定，
斑斓缤纷的色彩齐聚犹如子宫似的万花筒。
忧伤的本质里包含了讥讽，
用秘密制成的面具暴露了诗人的真诚。
文字精准、冷峭、充满了辩证，
越是不寻常的发现越带有胡言乱语的特征。
言语出轨导致神智失控，
纯洁无邪的杰作里都有背信弃义的幽灵。
最有力量的秘密没有任何内容，
虚无的皱褶里藏匿着瞬间的永恒。

梦寐之神鹤图
丙申年春王晓方

逆光

虚无重压着我，

记忆不停地褪色。

邪恶泰然自若，

赝品荣登宝座。

灵魂是件既昂贵又廉价的货色，

虚幻与现实不断交错。

梦境进入高潮燃起虚拟之火，

黑白影像构成了这个世界的外壳。

感情的挣扎通过画面表现突破，

疼痛透过梦象可以触摸。

我幻想自己是这个世界的旁观者，

一些马赛克似的戏仿片段汇聚成一个个巧合。

假装相信和习惯于相信之间没有任何区别，

所有的阴谋其实都可昭然若揭。

魔法世界与现实之间的区别越来越难以理解，

一切都将被逆光的背景彻底吞灭。

面孔

色彩排列组合成思想的乐章，
迷醉你的很可能使你神经失常。
相似性令人充满妄想，
巧合构筑了一张无形的大网。
透过瓷器釉面的裂纹可以察觉历史的微光，
言语呈现出的是流动的形状。
无边的混沌设置了层层路障，
思维的双脚无法不走向远方。
愤怒不过是破裂的沮丧，
意义呈现出精神上的荒凉。
一张张面孔构成了现实世界的真相，
浓烈的回味防不胜防。
妙手回春的噪音甚嚣尘上，
临摹者也开始复制模仿梦象。
一句句诗行若翻滚涌动的海浪，
指导思想的姿态既空洞又高亢。

标尺

雾里看花与奇迹极为相似，
诗人杜撰的故事众人皆知。
描述未知的诗篇采用了隐喻的形式，
我们时常误将“结局”当作“开始”。
一个观念好比一粒种子，
夸张的情绪与好奇心漫无节制。
用深深浅浅、混乱复杂的线写成诗，
每一句都是衡量人生的一把标尺。
面对文字要警惕虚妄之词，
原创不能靠渊博的知识。
铤而走险被错综复杂的假想所驱使，
一扇表现梦象的老门令人匪夷所思。
月影中深藏着诗人的文字，
痴人说梦值得珍视。
危机来自惊鸿一瞥的本质，
先锋派的理想早已过时。

雕塑

支离性的雕塑失落了基座，

完整统一变成糟粕。

媒介的语言越来越奇特，

自我形状不再虚设。

大墙之间有一道能量波，

参照物成了无家可归者。

条纹、格子像伪造的车辙，

任何逻辑也别想开梦象主义之先河。

神话联想印象深刻，

空白的画布变幻莫测。

幻觉变成挂在墙上的诗歌，

被思想滤过的风异常清澈。

影子点燃梦象之火，

直觉描绘出手稿的风格。

唯一的途径就是棒喝，

顿悟是一个绕不过去的功课。

基因

梦中的草履虫爬出一段碑文，

细胞核的结构精妙绝伦。

碑文记载了达尔文的进化论，

听不见的超声波会不会是天使之魂?

所有的规律背后都有一个操纵的神，

一切偶然或许都源自神的基因。

远古的洞壁上刻着跳舞的人，

我相信更高级的生命形式创造了我们。

我渴望守住先祖的纯真，

落下的菩提果无人问津。

修行不要步进化论的后尘，

破裂的麦秆也会枯木逢春。

黎明在露珠中横陈，

诗人灵魂的影子等身。

一面之词发自内心，

梦象之光穿石成金。

平面

未知就在二维平面，

因为潜伏在意识里的只有时间。

或许我们有淹没在年月日里的危险，

可是神话为我们提供了多样性的价值观。

思考越来越慵懒，

欲望与主体相去甚远。

夸张与变形的感知令人焦虑不安，

幻觉陷入盲目的、无可救药的乐观。

回忆是一种欲念，

遗忘是一种习惯。

誓言不过是一般性条款，

协议必须不断续签。

梦象触及每一个感官，

万花筒似乎也能顶起天花板。

无意识并非一个无法避免的灾难，

所有的美都离不开梦象世界的斑斓。

非客观

幻觉是一面明镜，

我用它窥视心灵图景。

透过自画像表现领悟的原型，

最大胆的幻想也难免有一个牢笼。

心灵深处一条深深开凿过的河床便是命运的路径，

意识的背后并非虚空。

非客观的世界梦象丛生，

无意识的深渊之上飘荡着美的幽灵。

意识一瞬间凝练成图腾，

历史与现实交互感应。

冥想是与远古的神灵沟通，

神话世界里有祖先的魂灵。

阴影的残迹是幻觉的移情，

长久的沉默是迟到的回声。

隐喻的穹顶是象征的天空，

局限只出现在逻辑之中。

无意识

情感具有理性的功能，

情绪却感染着生理性神经。

诗人神魂颠倒在梦象之中，

撞入意识的是魔鬼、梦魇或精灵。

直觉并没有时空界定，

耳朵里充满了不可理喻的感情。

酒神精神如泉迸涌，

抽象的思维迷狂躁动。

岩石并不像想象的那么坚硬，

沙粒也可以具有水的特征。

身心并行并不是没有可能，

病理性思维与众不同。

心灵沉潜到无意识的深层，

梦中呈现海市蜃楼的原型。

神话预知或许是无意识的图腾，

最原始的视觉一定发端于心灵。

深沉

梦是一扇墓门，

我摸进门内偷窥灵魂。

结果直觉留下了足痕，

思维却活跃得走了神。

在梦象的土地上耕耘，

日落黄昏激起心绪阵阵波纹。

回忆梦中人，

闲云遮月轮。

隐私被藏入抽屉不知所云，

意识单纯得不染纤尘。

可是情感的伤口感染了细菌，

流言蜚语夹杂着丑闻。

一面镜子永远在等待夜幕降临，

梦的内存万象更新。

我用天空的色彩测量体温，

语言的光线留恋着深沉……

启蒙

我左眼淹没在黑暗之中，

圆睁着右眼凝视着光明。

然而右眼却瞎掉了聚焦的瞳孔，

“在场”不过是一种隐匿的盲从。

无论是意义还是身份都无法固定，

画框内外都有他者的身影。

任何解释都避免不了个体的局限性，

真正的艺术也绝非威权的传声筒。

立场就是批评，

批评就是尊敬。

态度需要平等，

平等就是认同。

若即若离是一种清醒，

视线解读了否定之否定。

通过梦象构建符号系统，

冥想对观者是一种启蒙。

理论

万物生生不息，
理论充满生机。
各种主义斗艳争奇，
所谓玄秘就在于文体。
对意义充满活力的抨击，
对美重新定义。
心灵图景是一个崭新的术语，
梦象幻化出废墟般的诗意。
传统并非真理，
脐带干瘪了必须剪去。
重弹老调无异于沉渣泛起，
任何迥异皆为命题。
颠覆是理论的根基，
质疑是批评的前提。
想象要不遗余力，
丰碑被时间长河荡涤！

变量

力量来自神经的紧张，

忧郁闪烁着令人沮丧的泪光。

美并非像女人一般漂亮，

丑是可以超越人性的荒蛮边疆。

销魂是对梦象放肆的渴望，

自我感知带有冲动的迹象。

非理性是一个莫测高深的变量，

唤醒神秘感便可穿越天堂。

心静得像一轮冰凉的太阳，

光芒撞向坚固的思想。

一连串真理在深渊之上游荡，

时间的分量沉重得让人黯然神伤。

语言悬于蛛丝之上，

在微观的皱褶中隐藏着 条虚无的走廊。

从孤独中传出异样的回响，

灵魂的独白像花香一样流淌……

障碍

迷宫的小径伸进书房，
跳跃的文字进入梦乡。
寂静在夜色中生长，
花香在窗外闪光。
星星挂在树上，
月光潜入梦象。
心灵的火焰任性飞翔，
越是饱满越是空荡。
影子蒸发了静穆的思想，
诗节散落在沙丘之上。
希望穿过街道和广场，
废墟之外流淌着遗忘。
障碍是一根巴尔扎克的手杖，
画笔捕捉到脚步发出的回响。
灵魂决心改弦更张，
思绪像雨丝一样漫长……

邂逅

象征引出了神话里的英雄，

意识的落叶带进书里的是整个天空。

在花香里寻找他乡的月明，

回家的路上与邂逅相逢。

风将我的泪痕吹成了彩虹，

我用桃红柳绿画一缕春风。

在绝句里觅一簇梦象的幽丛，

满天星光照亮了心头的田埂。

数点渔火撩拨着诗人的神经，

不甘寂寞的灵魂也如影随形。

画一条河是为了看河对岸的风景，

卷起井绳是为了丈量生活的路程。

禅思被雾霾定型，

心语却无人倾听。

脚步突然警醒，

文字在沙粒间低鸣……

虚无的河流

走入梦象王国之后，

我拂去了心头叛逆的尘垢。

将精神打造成水晶的结构，

倾听晨光演绎的前奏。

蹚过虚无的河流，

望见彼岸的山丘。

心灵被童话左右，

充满对神秘的渴求。

我听到了血液无法沸腾的忧愁，

它是想通过燃烧展示灵魂的风狂雨骤。

可是一块顽石始终压在心头，

将倒车当成对艺术的坚守。

我将双手化作逆风的海鸥，

用文字奔驰在夜的路口。

时间才是真正白昼，

源头永远在河流的上游……

蠕动

内因是一片灰色的云，

意识的蜗牛仰望着星辰。

我无法预知灵感何时降临，

焦虑却从四面八方入侵。

蠕动穿透了我脆弱的心，

阴影发出能量的音频。

穿过虫洞是另一番风尘，

我用灰烬迎接梦象之春。

夜色是我的灵魂之根，

华丽的枯萎同样迷人。

光的嬉戏是一种亲吻，

浪花中发现风的嘴唇。

阡陌上也会邂逅故人，

常春藤爬出绿色的神韵。

深邃会惊飞栖息的鸟群，

潮湿的墙上流着孤寂的泪痕。

谜底

我曾经无数次问过自己，

为何对心灵如此痴迷。

答案只有一个谜底，

艺术是纯粹的梦象游戏。

其实冥想就是一种记忆，

魔鬼时常与它相遇。

精灵也能进入我们的身体，

而且像野马一样难以驾驭。

意识在精神与自我之间迷离，

夜色对心灵结构进行剖析。

通过联想发现问题，

光明正大很像是一种刺激。

一篇开场白不太清晰，

灵魂倒影在铅灰色里。

玫瑰燃烧了诗人的孤寂，

风的摇曳一如往昔。

废墟

怜悯的火焰等待着时机，

慈悲的洪水冲不出庙宇。

同情心发出一声叹息，

善良的香火朦胧迷离。

此时天光微弱得令人百感交集，

剧场里上演着矫揉造作的大戏。

附庸风雅成为一种时尚的面具，

梦象之城一片废墟。

天堂之路不能靠玫瑰花堆积，

凌虚高蹈还需贴近大地。

然而瞬息万变成为媒体的标题，

时代留不住历史的神秘。

墨镜与街道交融在一起，

黑色是一种挥之不去的阴郁。

将真正的情感禁闭在肚脐里，

诗人的文字字字珠玑。

痉挛

真理在常识和理论之间，

意识围绕着梦象旋转。

谎言背后有未说出口的意愿，

成群的阴影吸食着梦中的情感。

疑虑像鸟群一样一哄而散，

冥想越过了深邃的栅栏。

思想在废墟上悼念荒原，

残梦在黎明前不停地打转。

阳光像琴弦一样缠绵，

美在痉挛之后如过眼云烟。

时光的藤蔓爬上了古船的桅杆，

悬疑推理扣人心弦。

阴影的深处一片蔚蓝，

凹陷的心境辽阔高远。

灵魂的墙头旌旗招展，

欲望的瞳孔里花枝乱颤。

放浪

诗人的人生向往放浪，

期待着灵魂永远在路上。

偶然事件支配着独创，

诗意或许来自肮脏、悲伤或绝望。

梦象在虚无中生长，

颓废的影子并不荒唐。

无人问津也是一种欣赏，

无病呻吟又有何妨。

深度就是力量，

饱满的肉欲如水般流淌。

痛苦如死般安详，

撕碎了裹尸布才有了光。

质疑升华了悲伤，

梦魇扭曲了联想。

艺术塑造了上苍，

灯塔象征希望。

梦的边缘

岁月磨损了梦的边缘，

月光洒满纷繁的书卷。

深入诗境用沙粒打造一柄锋利的宝剑，

从鼾声中听到一曲往事并不如烟。

渴望自由的肖像挂在了镜子对面，

每天看到的是一张灵魂出窍的脸。

其实一切都是镜子的容颜，

一切都与做梦有关。

所有的恶都躲进了黑暗，

所有的善都心照不宣。

唯有梦象条件反射般地显现，

宇宙竟是一个巨大的祭坛。

迷雾像一片白色的火焰，

不过是天使孤寂的脱衣舞表演。

风在一旁说长道短，

此时诗人已经进入梦的港湾。

寓言的火花

我的鼾声消失在晨露里，

残梦的小径纵横繁密。

朝霞的枝杈将梦象的窗帘挑起，

意识之树的叶脉非常清晰。

灵魂被蝉鸣浸泡得发绿，

思想的一招一式完全随心所欲。

呼吸与天地万物皆有联系，

蟋蟀的低语惊飞一片鸟羽。

沉寂充满了夜的气息，

梦中的吻痕是爱的遗迹。

一支蜡烛的火苗燃烧出格律，

诗的意境并非诗人的专利。

月亮潜入水的空虚，

狡猾的阴影是魔鬼的羽翼。

幻想的回声将栖息的鸟群惊起，

寓言的火花点燃生花妙笔。

虚掩的门

词语在嘴里推推搡搡，
沉默把梦境带到了故事的门槛上。
我再也回忆不起那些被灌输的形象，
虚掩的门内似乎透出些许微光。
门内的镜子叙述着命运的无常，
窗外的夕阳任凭着云朵的波浪。
万家灯火其实是一种荒凉的空旷，
梦象里散发出丁香的惆怅。
一颗陨石坠入了绝望，
月光化作绝望的翅膀。
想象力奔向根的方向，
真实的背后到处是围墙。
循环的楼梯犹如一种埋葬，
头顶的乌鸦飞越黑色的诗行。
灰烬是一种致命的创伤，
深入自我就是深入梦乡。

表皮

文字的风车永不停息，

意识不过是无意识的表皮。

我渴望了解无意识的疆域，

梦象世界绝非虚拟。

一长串疑问向梦象转移，

无意识状态并不压抑。

我更感兴趣意识之外的东西，

心灵王国或许就在那里。

思维的迷雾时断时续，

理性变得越来越无理。

失控的不是记忆而是愚蠢的心绪，

其实一切答案都在时间里。

直觉是一种奇妙的能力，

预感也似乎不可思议。

灵感已进入未知领域，

冒险的开拓所向披靡。

监控

我被客观、无声的美催眠，
在梦中也无法逃过监控之眼。
梦境中不断闪过一些鲜活的片段，
叙事的步伐若呼吸般放缓。
监控已经不可察觉地融入自然，
镜头触及每个人最隐秘的情感。
我们既是看客同时也被看客观看，
监控世界的故事真假难辨。
于是我用梦象裁剪画面，
将其串联成一部最现实的影片。
结果令人惊悚地发现，
每个人都与故事关联。
被监控的世界风光无限，
任何事件与我们都失去了距离感，
无论是修行的寺院还是红尘的凡间，
现实与虚构毫无界限。

空灵

我不断翻找记忆的垃圾，

试图寻觅来自梦象的讯息。

我用空灵的状态深呼吸，

并未发觉鬼魅闪过的证据。

我需要与灵界沟通的致幻剂，

用冥想驱除满腹狐疑。

思绪化作微微灰白的苜蓿，

摇曳在儿时的童话里。

我们都会像露珠一样逝去，

如梦如幻亦可作为归宿寄居。

我多次想搞清空与虚的距离，

无意中却领悟了四季之菊的俳句。

花瓣在水波里空灵而迷茫地聚集，

幽玄何尝不是一种秀丽优雅的情趣。

我平生最羡慕懒洋洋的春雨，

心头也不时蒙上一层薄薄的水汽……

知觉

我向意识的深处发起挑战，

理性思维向直观意愿转变。

其实无论执着于哪一方面都只是一种片面，

但我始终钟情于控制梦的训练。

艺术是对梦的一种勘探，

梦象是对心灵奥秘极限的伟大探险。

禅定对梦的控制有极深的示范，

打破现实的目的在于止于至善。

做梦是对人类意识的一种洞见，

另一个世界就在我们眼前。

独一无二的空间一定有一连串，

通过梦象便可以超越自然。

发现永恒的入口需要无数次地体验，

意识也是心灵深处的一种感官。

催眠下的暗示或许是一种虚幻，

但知觉的能量令人震撼……

能量

我感到心智的黑暗与僵硬，

有一种古怪的迷幻感应。

无法捕捉意识的诡秘行踪，

一种奇怪而难以置信的因果失衡。

世界是由能量组成，

一切都像河水一样流动。

物体坚硬的观念来自理性，

而理性不可能完全穿透心灵。

梦象之光由各种方向射入永恒，

知觉集中于一点可以用光辉来形容。

如何对能量的纤维性进行考证，

关键要打破禁锢心灵的牢笼。

解脱的基础是虔诚，

能量的波动靠潜能。

灵感是瞬间一闪的光影，

原创是一道最美丽的风景。

梦幻之虹
丙申春晓方

寻路

悲悯中生出道德的暴怒，
五彩缤纷的俚语令人捧腹。
灵魂囊括了所有亦庄亦谐的元素，
时代是一部无可救药的大书。
不要玩世不恭地愤世嫉俗，
但沉默是一道隐秘人心的黑幕。
谁能想到阳光是一种剧毒，
夜色也化作一片浓雾。
逃避是一种时髦的追逐，
骗局是对自由和信仰的颠覆。
既然生活在别处，
何不飞起来寻一条新路！
于是晨曦向晚霞倾诉，
诗人为何非要寻找一棵菩提树？
星星终于领悟，
他是在祈祷梦象的救赎。

巫术

我看见了超乎文字所能形容的事物，

脑海中的光线具有无限的长度。

我呼吸急促、心跳加速，

未知世界的知觉似乎集中在灯火阑珊处。

超意识的深处鸟能言、花自舞，

但梦境的关口云涛晓雾密布。

陌生的能量恰似脑海盛开花千树，

舒适的沉重宛如一片冰心在玉壶。

梦象使我进入一个陌生的国度，

我的灵魂被一圈五彩缤纷的目光围住。

一阵奇怪的风从我的耳孔吹入，

一段奇闻刺激得我神经麻木。

我用心跳擂起金鼓，

将意愿的种子埋入梦象的泥土。

灵魂坐在金枝上叹日暮，

呜呼呜呼！原来诗心竟是一种巫术。

残碑

我被某种奇怪的理性所支配，

听到了梦中的梦中的惊雷。

那在恍如隔世的绝代山顶上昏睡的人是谁？

诗人在层林尽染中迷醉。

由纯能量构成的幻影犹如鬼魅，

跌入马桶的记忆不断闪回。

花雨是诗人的心泪，

梦象之杯装满纯然之美。

意识临摹着一块灵魂的残碑，

一片冰心显得比龟裂的镜子还要憔悴。

那种温净的冰凉有一种被击中、被吸纳的快慰，

醒在梦的深处高飞。

虚空是一泓秋水，

我透过梦象的猫眼偷窥。

动与静在这里精致对位，

理性控制着智慧的颈椎。

逃离

我在动词里寻找神秘，

美与丑被时光拉开了距离。

乡愁是连绵的雨，

阴影里遍布荆棘。

拒绝苟同竟然是一种阴郁，

诗歌已经变成一种俚语。

精神的山谷升起逼人的寒气，

阴森被和谐成一种骇人的美丽。

我由衷地敬畏恐惧，

不得不向绝望的罗网致意。

思想被狂风卷起，

灵魂在四面墙中战栗。

我在梦象的铁水里沐浴，

靠蝉翼飞越藩篱。

风声为我的思想做好了标记，

我乘着落日成功逃离……

耳鸣

心智的围墙被执着瓦解，

理性的防御也水流花谢。

诡谲的意识随风潜入长夜，

将时间机器的零件统统拆卸。

狼嚎终于转化成了一场暴风雪，

灵魂被白色无情地湮灭。

出窍的灵光闪过惊鸿一瞥，

头颅也被想象力炸裂。

这是梦与梦的对决，

一种难以捉摸的直觉。

耳鸣像是一种对思想的侵略，

呓语更像是梦的春光乍泻。

用梦象锻造旷世之铁，

枕边的火焰可以辟邪。

其实迷宫就是梦与梦的重叠，

落日装满诗人的心血……

未知空间

魔鬼下了一个奇怪的蛋，

阴影开始在夜幕中漫延。

这当然是梦象世界的一个事件，

意识的光环光芒无限。

我努力紧闭双眼，

期盼梦中的影像重现。

与魔鬼进行一次公平的交换，

体验非人类宇宙的危险。

我陷入奇怪的恐惧与不安，

某种未知的力量向我召唤。

理性早已脱离了视线，

意识如流水一般充足了电。

我的元气终于复原，

似乎能量形成一个集合点。

我感觉自己进入某种未知的空间，

因为我的意念开始旋转。

天才

我一直试图转变我的意识状态，

因为我的真实感越来越奇怪。

一定有什么未知的事物在等待，

不然我不会发现我的耳鸣来自灵魂之外。

的确有一种陌生的能量存在，

或许那是一种不具人性的博爱。

只要我们把梦象之眼睁开，

就会看清宇宙的未来。

意识犹如一抹迷人的水彩，

可以涂抹任何时代。

知觉远眺思想的窗台，

艺术诞生了一个新的流派。

我在光与影之间徘徊，

遨游无机世界的沧海。

我的幻觉被能量的脉冲遮盖，

变成了一个享受孤独的天才。

梦岛之秋图
丙申年王晓奇

郁结

我的郁结有些黏稠，

因为我与空灵失散已久。

我满饮夜雨这杯春酒，

企图解开美之衣襟的纽扣。

留白或许是真相的源头，

灵魂的影子汇聚成一条空虚的河流。

我设定的目标是使知觉绝对自由，

哪怕误入歧途也绝不停止追求。

我徘徊在梦象的十字路口，

意识的碎片化作思想的诅咒。

美既然是一块任人宰割的肥肉，

干脆扔给庸俗那条摇头摆尾的蠢狗。

我开始解剖美的结构，

发现许多变形扭曲的丑陋。

黑暗何尝不是一场拯救，

入木三分就是一剑封喉。

阴影一哄而散

能量奔涌弥漫，

时间广袤悠远。

历史深陷泥潭，

现实与黑暗交感。

意识的目光迷幻，

梦游如同历险。

直觉扬起风帆，

梦象光环灿烂。

诗意凝聚一点，

激情燃烧起火焰。

登临意识之巅，

奇异空间无限。

陌生知觉的边缘，

存在梦的灵感。

跳出理性深渊，

阴影一哄而散。

隧道

我误入一条黑暗的隧道，

梦中的细节非常单调。

意识的碎片化作一个个充满能量的泡泡，

自我像泡泡一样在空气里浮飘。

我嗅到一种梦象的味道，

黑暗中有阳光在角落里窃笑。

灵魂像一只慵懒的黑猫，

隧道竟然是爱的空巢。

爱的时光不会变老，

心灵世界黑白颠倒。

如何为爱寻一个依靠，

黑暗的尽头有孤独在尖叫。

一束光夺路而逃，

那是一只思想的知了。

终于摆脱了记忆的焦躁，

遗忘又掀起了梦的波涛。

梦游

我通过做梦开启真实之门，

光的节奏异常押韵。

于是我利用“借口”深入矛盾，

发现暧昧的口袋里装着灵魂。

由记忆汇成的长河丢失了年轮，

越是理智越是困顿。

故事的结构支撑起一个时代的命运，

梦象世界无规律可循。

将阴影的密码烧成灰烬，

潜意识蕴藏着个性的基因。

静止的知觉是一种勾引，

诗魂构成浩瀚的星辰。

词汇的火焰照亮黄昏，

千篇一律是一片封闭的森林。

越是荒诞越有几何学的精准，

时间的阶梯挤满梦游之人……

成长

挑战便是成长，

做梦也需原创。

支离破碎是一种力量，

色彩斑斓源自梦象。

艺术诞生于创伤，

风流韵事看似荒唐。

阴影被太阳拉长，

心脏竟是一张谎言的温床。

在梦境之间穿越并非妄想，

诺言却很像是一种夸张。

沉默是浩瀚的海洋，

躲藏是无奈的抵抗。

无言是对心灵的流放，

旗帜上扣满了双唇紧闭的印章。

颠覆者的额头迟早会发光，

其实成长就是勇敢地走在街上。

思想的影子

我被现实生活剽窃，

文字中充满了精确的细节。

用透镜折射一个神话世界，

虚构才是对客观诚挚的关切。

到处燃烧着道德的暴怒与苟且，

但无不是喧哗与躁动之后的凋谢。

艺术早已被各种主义流派拆解，

手不释卷的都是最美好的幻灭。

意象纷杂跳跃，

像嗑药般令人昏厥。

谜底云里雾里难以破解，

梦象世界充满幻觉。

冥想是一种音乐，

旋转的大脑从未停歇。

眺望意识的视野，

思想的影子已经倾斜……

圆满

我渴望收获火焰，
让生命一飞冲天。
然而无机生物有惊人的手段，
在梦里我无法找到答案。
沉默令人不安，
梦象不断变换。
知觉无法过关，
投射过于虚幻。
人生风光无限，
能否在心里遇见？
守住初心并不简单，
美好只在不经意间。
时间并不遥远，
无非似水流年。
支离破碎的故事讲到海枯石烂，
也抵不过来之不易的梦象圆满。

梦家之快如笔力
锦丙申遣春东旬
故人王晓方

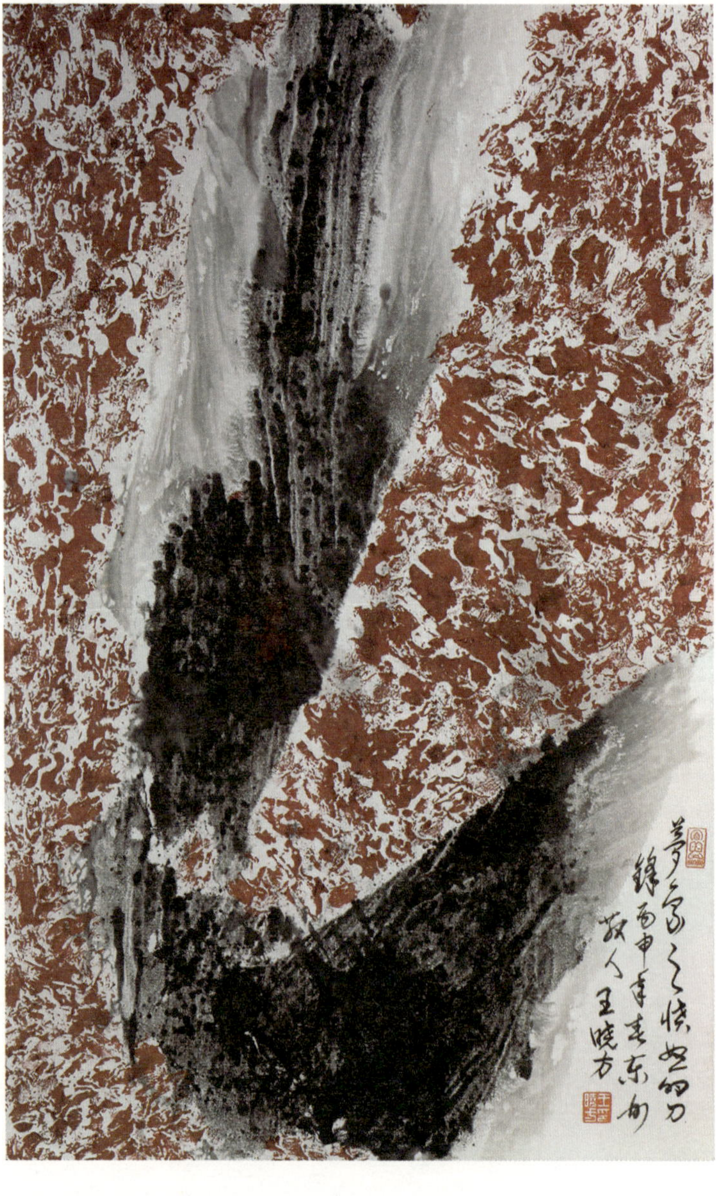

不朽

越过时间的边界，

绝不向无限妥协。

用旋律体味梦象的幻灭，

在心中将明亮凝结。

梦象犹如一只蝴蝶，

变化之美妙绝。

无理而曼妙的诗节，

昙花一现地凋谢。

掌声若满天飞雪，

舞姿是最美的音乐。

空灵犹如旷野，

经典在心中陈列。

荒凉是一种高洁，

华灯初上时离别，

深邃尚需理解，

不朽是一种美学。

想入非非

我发明了光线的游戏，

就仿佛虚构了一个自己。

似与不似毫无意义，

千变万化才是真理。

艺术发明了隐喻，

梦象虚构了魔力。

能量断断续续，

虚无令人焦虑。

坐看牛郎织女，

时光是最悠久的古籍。

想入非非是一种静寂，

预言不过是疯子的咒语。

一个人的徘徊也是一种拥挤，

赤裸的灵魂照亮了晨曦。

光线像炊烟一样升起，

思想若冰雪一般凝聚。

内心的低语

我在，我一直都在，

内心的低语算不算一种爱?

梦象从虚无中归来，

进入被爱伤害的意识状态。

她的唇在我的唇中深埋，

谶语就是最深情的告白。

赤诚的心焚烧着这个时代，

倒下的纪念碑被雪掩埋。

纯真宛如浩渺的天籁，

风流总要被浪漫打败。

冲破一切心埋障碍，

蝉的喧嚣不在山内而在林外。

与潜意识的较量令人激情澎湃，

美使爱成为一种悲哀。

性与艺术其实是一种竞赛，

清规戒律正中下怀。

分岔的小径

才华犹如波光粼粼的春水，
灵感闪烁着金属般的清脆。
抑郁的黑狗冲着诗人狂吠，
每一句箴言都是从思想中挤出的一滴眼泪。
经书里的黑森林狂风劲吹，
相框里的面孔被梦魇撕碎。
虚掩的书房鼾声如雷，
受惊的文字振翅高飞。
甜蜜的谎言令人沉醉，
被蛆虫吞噬的阳光迅速枯萎。
深沉的意识时常回眸旧岁，
似水的年华值得回味。
在梦象的世界里消除原罪，
意识分岔的小径潜伏着魔鬼。
在一堆线团中昏昏入睡，
迷宫里正上演着一幕幕的音乐会……

虚空

孤独的桅杆摇曳不定，

海鸥在传递大海的涛声。

我将梦如投石般投入海中，

去探知那些魂归大海的精灵。

灯塔是引航的宝镜，

月光是汽笛的回声。

地平线是梦象的背景，

冰川是诗人的迷宫。

狂风在脑海中穿行，

渔火悠悠长鸣。

沙滩上的脚印是漂泊者的眼睛，

闪电是诗人挣断的束缚思想的缆绳。

意识的翅膀划破天穹，

个性便是神话中的英雄。

无限不过是一条分岔的小径，

越是神圣越是虚空……

照片

我用照相机构建时间，

心灵长久地凝视着一张照片。

梦象世界令人惊叹，

风会对鸟鸣进行裁剪。

将浩瀚的星空收拢成一局棋盘，

将万条垂柳化为云烟。

将一朵朵睡莲化为姻缘，

将一道道诗行耕耘成梯田。

在暮色中弃船，

拎着晚霞上岸。

行囊里装满偶然，

抖落风尘仆仆的灵感。

透过一个龟裂的猫眼，

洞见爱和自然。

抚摸月光的边缘，

眺望时间的桅杆……

苹果

我摇落树上一个苹果，

灵感若惊鸿般闪烁。

尖锐是我的嗅觉特色，

激情化作别开生面的生活。

白日梦是一次奇妙的沉默，

梦象是对心灵无与伦比的临摹。

只有光可以穿透善恶，

宁静就像一根郁郁葱葱的藤萝。

思绪在繁复和简约之间穿梭，

意识将内在与外在整合。

侦探、凶杀、暴力、情色，

既是现实又是小说。

直视人性空谷的寥落，

踩着灵魂的荆棘过河。

舞台上半人半仙的赤裸，

云游时从虚掩的寺门中穿过……

后窗

狂躁是一种情感的高涨，
没有悬念、毫不夸张。
费尽语无伦次的思量，
捕捉亦真亦幻的梦象。
多疑的妄想，
恶评的文章。
数十年如一日的顽强，
只为了颠覆性的对抗。
自欺也需要伪装，
谎言必须原创。
用醉眼欣赏斜阳，
为苍蝇打开一扇后窗。
百科全书式的品尝，
毫无底线的放浪。
背起魔方般的行囊，
走向一望无际的河床……

眩晕

历史在善与恶之间挣扎，

美与丑演绎成朦胧的神话。

浮夸的辞藻躲在阴影之下，

潜意识俨然就是精神分析专家。

故乡在眩晕中抵达，

光阴似一朵莲花。

传统老奸巨猾，

与权力勾勾搭搭。

叶密而知夏，

枕月梦桑麻。

梦象是临摹心灵的一幅画，

既简约又复杂。

日子一天天地在腐化，

真与假一直在扭打，

麻木长了一条华美的尾巴，

利益在歇斯底里地咒骂……

虚构

如何叙事更真诚，

模糊文本的真实性。

不留痕迹地转换叙事人称，

通过荷马式的比喻进入迷宫。

没有形式就没有内容，

没有个性哪来文风。

幽默妙趣横生，

结局悬于空中。

主人公是个奇怪物种，

虚构必须由谎言支撑。

想象力天马行空，

阅读犹如一次朝圣。

一次次欲罢不能，

疯狂地一本正经。

用颠倒黑白绝妙抒情，

在梦象中经历人生……

省略号

睡梦吐出一串莫名其妙的省略号，
虚无开始自言自语地祷告。
阴影无依无靠地逍遥，
街灯是一只沉寂的候鸟。
夜的深处有痛苦的灵魂哀嚎，
命运是一条狭窄的街道。
孤独在思想的余晖里闪耀，
往事撕开了我心中的寂寥。
清澈的泪水是一棵梦象的秧苗，
青草是意识之眼的睫毛。
躯壳里回荡着往日的狂笑，
爱之别离便是幸福给予我的回报。
折一根夏日的枝条，
在忘川里捞一曲童年的歌谣。
在梦象中重温情人的怀抱，
塑一座雕像一了百了……

诗人的鼾声

我迷醉于冰块的燃烧，

战栗的木炭发出被镂空的尖叫。

想象的活力来源于墨水的荣耀，

分娩式的原创是一种绝望般的高傲。

梦象是一种炽烈的煎熬，

痛苦由灵魂自编自导。

头颅进行着岩石裂缝般的思考，

伤口浸泡着诗人的心跳。

黑暗一定比光明古老，

人性时常被肉欲灼烧。

宁静比狂躁还要热闹，

言语刮起一场荒谬的风暴。

痉挛是一种精神的舞蹈，

疯人的目光具有慑人的音效。

浓烈的头发是一种思想的缭绕，

诗人的鼾声比暗物质还要深奥。

心门

杂驳的思想自相矛盾，
众神齐聚诗人的内心。
金弦来自光的竖琴，
星星散发着天籁之音。
我用回忆寻找纯真，
摇篮里丢失了做梦之人。
影子因光迎来好运，
秘密的耳语却令人困顿。
落日是对梦象的朝觐，
夜色让海浪变得深沉。
起锚注定了航行的命运，
每一朵浪花都散映成金。
理想有时也只是一块闲云，
梦象才是生命的核心。
灵感诞生于拂晓时分，
晨光推开了诗人的心门……

秘密

谁不想将秘密据为己有？
玩笑自有玩笑的甜头。
其实秘密就隐藏在文字背后，
杜撰者虚拟了一双毒手。
权力在无限推衍中谋求，
利益在世俗攫取中争斗。
精心打造一种时髦的正义架构，
元气淋漓地演绎一场秘而不闻的阴谋。
谁不为走出虚无的困境发愁？
邪恶的力量构建起一座神秘主义的高楼。
如何在虚构之河里力争上游，
真理就如瞎子摸象般荒谬。
谎话连篇是一种自由，
无言的风在述说岁月的浓稠。
秘密装满了梦象之舟，
好奇的心灵随波逐流……

丙申夜曉方

孕育

我的头脑里仅剩下一些思想的片段和残迹，
从中仍然可以悟出不可思议的禅意。
或许梦境可以重组迷失的过去，
不过，着眼于仅存的一点未来更有意义。
于是，我开始着手编撰能够警世的书籍，
在坟墓里挖掘历史与现实的联系。
只要魔鬼的底线永不清晰，
我就绝不放过任何蛛丝马迹。
用文学揭露国家秘密，
不过是一种拙劣的猎奇。
可是好奇心一旦与偶然相遇，
或许会创造出一番令人刮目相看的奇异。
艺术是一场梦象的竞技，
通过星辰的变化可以洞见些许端倪。
这就像孕育来自于女人和大地，
风儿最懂大海的秘密……

心轮

心灵的电磁波发散许久，
才得知梦象就是一切万有。
意念被冥想吸收，
内心便是一个星球。
被蒙蔽的双眼不断地回首，
文字游戏依然因循守旧！
古文明灰飞烟灭之后，
金字塔不堪回眸。
请抛弃对旧世界的僝僽，
再为爱斟一杯美酒。
即使外在像是黑暗的每一个存有，
爱也是包容一切的宇宙。
心轮永远不朽，
闲情惆怅依旧。
落红满地离愁，
花开花落凄凉否？

死鱼

人生难得有一次奇异的遭遇，

我却看到了美变得不堪而离奇。

一根电线上吊着一条死鱼，

不知它有过怎样惊心动魄的经历。

这种做法十分怪异，

难免令人胡乱推理。

死鱼的眼睛冷漠而忧郁，

让我想起胚胎发育的初期。

我们都有过类似鱼的发育，

因此死鱼引起了我毛骨悚然的猜疑。

灌木丛中的小径弯弯曲曲，

仿佛梦象世界灵魂的轨迹。

莫非灵魂的形状很像一条鱼?

吊死是为了逃离肉体?

其实我茫然闯入了另一个领域，

灵魂和死鱼隔着两个时空的距离……

窥视癖

我怀有根深蒂固的着魔心理，

任何匪夷所思都令我痴迷。

我不知道这算不算是一种窥视癖，

天花板上的裂缝我也能看出端倪。

我用艺术探索人的焦虑，

人性是讨论的中心议题。

然而我们常常分不清真实的和编造的证据，

于是随心所欲代替了七情六欲。

诠释永远倍受质疑，

逃避的方法就是自取。

习惯性的感知并非唯一，

思想的链条无法封闭。

沿袭找不到潜在的感知天地，

梦象就是自己创造自己。

搅扰、冲击、推动、堆积，

成千上万的细节瞬间形成了整体。

永无休止的循环

白色的边缘是黑色的光环，

意识的相貌是带血的鸦片。

用罂粟花占领心灵家园，

时尚的齿轮扬起风帆。

拉上窗帘遮挡光线，

落霞的余晖格外刺眼。

吸上一支惆怅的香烟，

回味昨日疯狂的梦幻。

妄想蟾宫戏婵娟，

不过是一场梦魇。

远古并不遥远，

梦象法力无边。

纸灯笼终将烟消云散，

沉默比死亡还要危险。

那就站在群山之巅高声呐喊：

荒诞是一种永无休止的循环。

梦乡

琴弦上流淌着花香，

画布里浸透着芬芳。

妙笔用朝霞描绘心房，

歌声里飞跃出清澈的诗行。

韵律主宰着乐章，

节奏泉水般流淌。

色彩之声天籁般回荡，

美的世界来自冥想。

只有心灵喝足了阳光，

梦象的天空才格外晴朗。

青春就是炽热的胸膛，

春天就是心灵的影像。

用穿透呈现个性的张扬，

用流动谱写夜色的乐章。

黎明是霞光的殿堂，

原创是艺术的梦乡。

自我

撒旦是另一个我，

我是失乐园里的神魔。

我的灵魂诞生于守灵之火，

生来就是一个面具的操纵者。

任何梦之书都是我的创作风格，

我用文字囤积人生哲学。

我崇拜撒旦甚于崇拜哈姆雷特，

为此，我像亚哈追逐白鲸一样追逐堂吉诃德。

蹚过赫拉克利特之河，

涉过浅滩和沼泽。

别处传来一首歌，

月光照亮梦象之国。

站在坟墓前高声诉说，

梦魇的死灰构成灵魂的沙漠。

挑战就在此刻，

超越语言的网络。

丙申年夏
王晓方

符号

我在蛛丝马迹中寻找符号，
天地万物皆有预兆。
阳光不会拐弯抹角，
面具上掠过一丝挑衅的微笑。
谣言会穿上真相的外套，
邪恶闪着一双伪善的双眸。
激情与狂热差别微小，
天堂也逃不过黑暗的笼罩。
侏儒喜欢站在泥塑的肩头高喊崇高，
学者最擅长在圣人的遗骸中寻找玄妙。
魔鬼在庙堂上酩酊醉倒，
哪知魔杖不过是一根救命稻草。
诗人影射的水平越来越高，
因为胸中有通往梦象的秘密通道。
第一缕晨曦终将破晓，
梦象世界霞光万道。

精神向度

什么是世界的象征?

当然是想象力的这座迷宫。

不信你就回到心灵的隐秘中,

你的灵魂会和寂静一起消融。

人生最可贵的是精神向度的提升,

思来想去,艺术的本源都离不开创造性。

我崇拜无中生有胜过一切卷帙群经,

我甚至有跃入深渊的激情。

直觉、感受、冲动,

艺术家无不是苦行僧。

为了寻找诗兴,

他们愿意在疯人院里修行。

别以为他们患上了神经病,

他们都是梦象世界的神鹰。

流水不争,咆哮着前行,

越是汹涌越是安宁……

命运的卜辞

我用诗行弹奏一支心曲，

幽深的孤独因梦象而起。

命运的卜辞故弄玄虚，

千方百计隐藏天堂的秘密。

夜的象征令人着迷，

自由是体内坚实的大地。

陈腐的气息千篇一律，

光芒不过是黑暗的嫁衣。

内心的灯火一声叹息，

幽暗的余晖随梦象而去。

灵感向意识深处猛烈撞击，

激起一只蝴蝶燃烧着战栗。

思想的子宫戳进一根庸俗的阳具，

云朵和火花之间蒸腾着瘟疫。

割断心弦无所畏惧，

何不将一腔热血化作霹雳！

无中生有

隐喻是存在的奇迹，

沉默中邂逅孤独的词语。

从飘窗望出去，

鸟儿在诗行上栖息。

每一声鸣啭都释放出自然的韵律，

每一次振翅都是对美的定义。

思想的外表衣衫褴褛，

调色板上踩满鸭子的足迹。

风的变化是最美的文体，

梦象的图书馆藏满意识的传记。

诗人道破无中生有的秘密，

妙悟中感受生命的情趣。

惊奇、惊异、惊喜，

空与无充满无限的张力。

只有掌握隐喻的定律，

才能破解无中生有之谜。

夜的意识

因为那个梦我再也等不起，

才将不可思议定格在记忆里。

穿过黄昏中的霏霏细雨，

隐隐感觉黑夜已散发出危险的恶意。

画面弥漫着不可名状的戏剧，

绝望的台词却透出醍醐灌顶般的洞悉。

噪音张狂肆意，

阴谋翻云覆雨。

呼之欲出的平庸充满猥亵的气息，

逍遥于夜的意识正与梦象嬉戏。

躲在黑色里的美令人屏住呼吸，

一条流浪狗狂吠着向窄巷猛然冲去。

不要在喧嚣中逃避，

真相或许是一次难得的觊觎。

干脆来一场形式上的游戏，

思想也抖落一身闷浊的臭气。

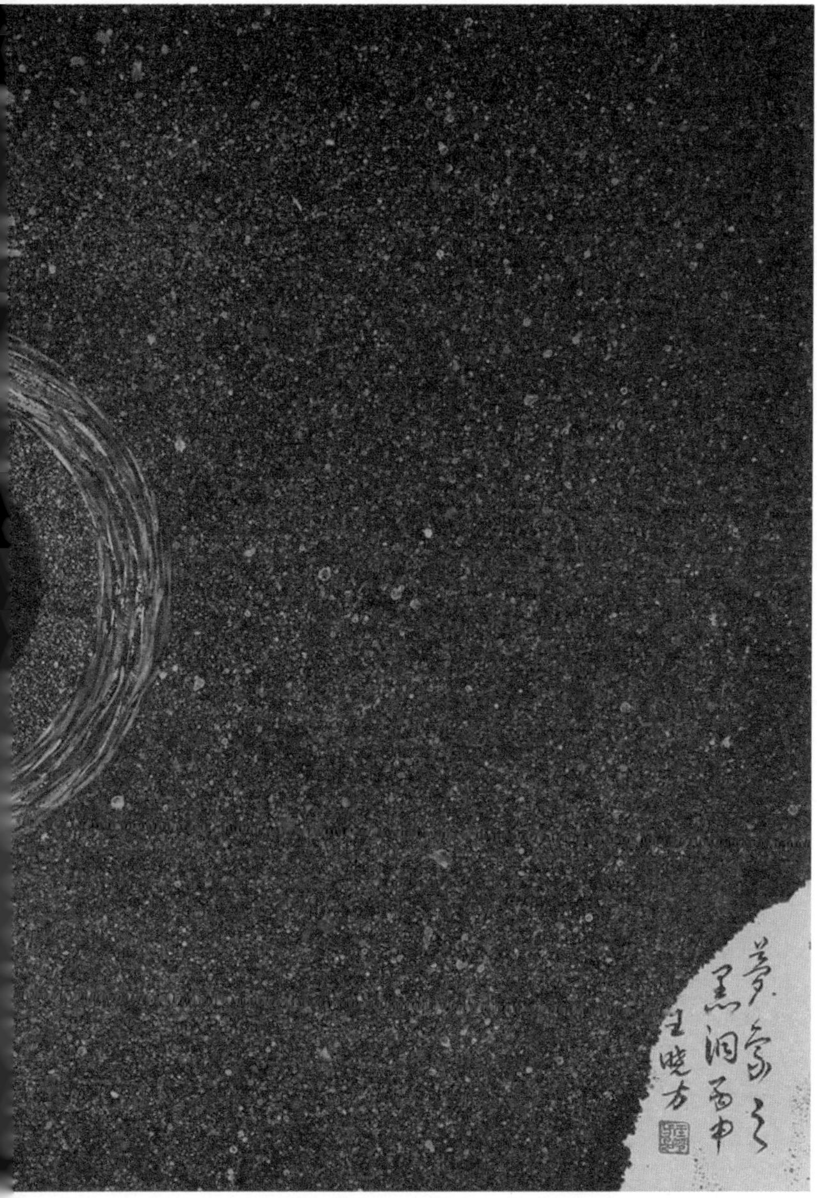
黑洞画中
王晓方

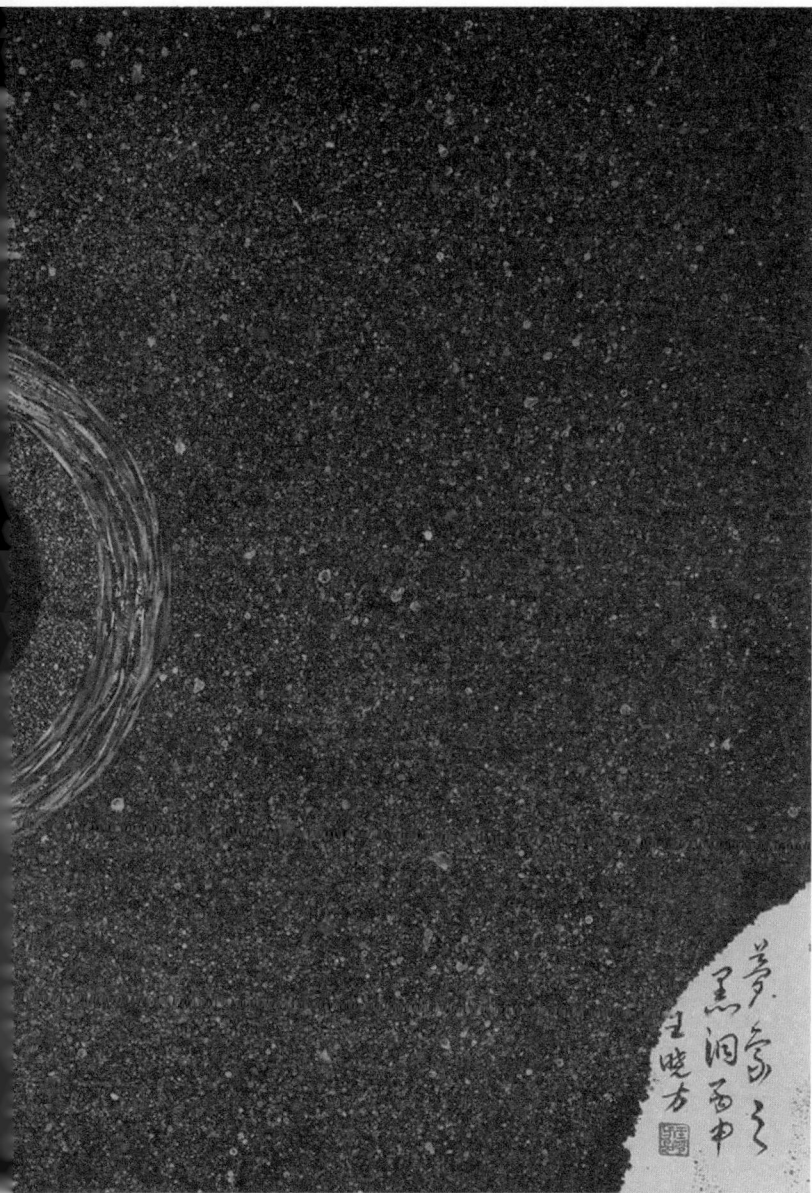

破题

我的思绪窃窃私语，

仿佛发现了黑暗的秘密。

现实世界一旦小于一，

自由不过是一张假面具。

万花筒般的迷宫令人着迷，

艺术救赎的方式是死亡练习。

我渴望不由自主地深呼吸，

情不自禁地踏上发现之旅。

谜团与旅程的两端都有联系，

故事的高潮注满了忧郁。

鸟的起飞意味着破题，

动机呈现出一段迷人的旋律。

可是思想并非一个线性的程序，

灵感更像一块易碎的玻璃。

不过没有人不愿意在梦象世界里碰碰运气，

或许能逃出空虚的藩篱。

基因突变

既然尘埃是我的细胞，

就不怕旅程越来越糟糕。

我坐在十字街口现场报道：

到处都是异国情调。

石碑上刻满了符号，

心中的山水已经衰老。

从一滴浓墨中挤出书法线条，

终于顿悟黑白变化的玄妙。

笑声越来越枯燥，

备案是个圈套。

用深度做一个宣告，

在断裂中寻找那山、那水、那桥。

遗传构成了血脉的精神韵脚，

梦象基因个性孤傲。

我等待着那个突变的尖叫，

彻底逃出被禁锢的头脑。

内心狂澜

“疯狂”在舌尖上颤抖，

心魔在心灵深处游走。

滚烫的呼吸是诗人的追求，

为此不惜与魔鬼为友。

使人着迷的开头，

险象环生的节奏。

每个诗节都叙述一个魔咒，

道不同也相为谋。

刻意掩饰还不够，

必须成为杀魔诛仙的凶手。

激情澎湃之后，

内心狂澜不休。

音乐一直演奏，

意境若百年老酒。

梦象犹如存在之海的舵手，

灵魂之舟，百舸争流……

行为艺术

我在刀口上撒一把盐为它消毒，
此时伤口的鲜血汩汩流出。
我在刀口上缠上厚厚的纱布，
目的是将伤害的可能性就此消除。
或许这样的行为艺术意义模糊，
但不如此又如何将司空见惯的规定性剔除。
许多思想大师在向人们传递谬误，
皆因无法跳出规定好的套路。
其实梦象的回声来自远古，
潜意识的变化更像巫术。
虚构就潜伏在真实的内部，
宁静与孤独常常邂逅于时间深处。
用牙齿咀嚼待言说之物，
寻根溯源不由自主。
总有一天天使会变成一棵生命之树，
否则我如何体味被燃烧的痛苦……

预兆

那面城墙上的旗帜在镜子里燃烧，

一片虚幻的朝霞分外妖娆。

神话比海市蜃楼还要古老，

视觉躲在城墙下猥亵地微笑。

六十四卦里有许多令人难以置信的预兆，

阴阳五行的威仪残忍如刀。

一朵朵风水的乌云将庙堂笼罩，

最后的动词与面具拥抱。

语言的栅栏爬满了葡萄，

线条掀不起头脑风暴。

朗诵越来越轻飘，

诅咒越来越高傲。

所有的希望都是一些模糊不清的符号，

只有深入梦象才会理解迷宫里的奥妙。

空气中有一股发霉的味道，

趁夜色虚无之鸟越飞越高。

开始与结局

我用画笔雕刻时光，

风吹沙漏形成命运之网。

其实不朽之中深藏死亡，

无知者会被文字所伤。

卷帙浩繁是一种梦象，

百读不厌是一种谵妄。

信手拈来又有何妨，

书写是为了把纯真珍藏。

伟大的肉体与龌龊的灵魂同亡，

盗火者无不是审丑的巨匠。

魔鬼的花园里杂乱无章，

开始与结局一模一样。

令人窒息的序曲是歌颂黑暗的交响，

曲终人散之后浓雾笼罩心房。

我要为繁华的冠冕送葬，

燃烧就是一种汹涌的波浪。

梦想之被困的雄鹰
乙未年冬东北友人王晓方

元素

灵魂犹如一艘纸船，

渐行渐远。

高高升起的云烟，

海天相连。

我置身遥远苍白的边缘，

像一个囚徒似的刑期刚满。

阳光照耀下的海水异常蔚蓝，

但组成我的元素不是海水而是火焰。

我的躯壳是一座无法逾越的牢监，

自我的真空地带一片虚寒。

梦象躲进深邃广袤的幽暗，

意识之树叶茂枝繁。

一只鸟忽然从草丛中一飞冲天，

或许那就是来自伊甸园的灵感。

稍纵即逝的透明打开了我的双眼，

原来金木水火土都是我的故园。

心的方向

灵魂的火花噼啪作响，

犹如电流产生磁场。

意识的嘴角微微上扬，

穿越冥想幽会梦象。

生活的绳索已经磨光，

现实在神经网络上飘荡。

沉默既怯懦又夸张，

艺术已经被权威所包养。

自由流落洪荒，

传统被打扮成摩登女郎。

阴影戏弄着聪明的希望，

蚂蚁啃噬着心灵的创伤。

意识越过陈规围成的谷仓，

绿色烘托着一轮红彤彤的太阳。

一叶扁舟遨游梦乡，

永远驶往心的方向……

寓言

一个流鼻血的人仰头观天，

盲从者好奇心使然。

人们争议着天空中的白点、黑点和红点，

其实都是盲点。

神经像琴弦一样震颤，

松鼠在笼子里打转，

生活毁于习惯，

天才死于癫痫。

用妙笔将文字编成花冠，

梦象令人流连忘返。

猎奇的心理冲击着情感，

文风追逐着色彩寻欢。

美丽与柔情缠绵，

忧郁与寂寞相恋。

为大师点一支香烟，

风花雪月皆为寓言。

地图

怀揣一张地图上路，
寻找梦中的瓦尔登湖。
不带一本书，
忘记自己所犯下的错误。
寻一条流浪狗呵护，
享受旷野无人的孤独。
我立于高山之上像一棵树，
山下的河流是唯一流动的事物。
树上结满了音符，
心灵在此永驻。
意识旋转着不同的角度，
地图的色彩异常丰富。
打开语言的窗户，
灵魂开始自述……
我与狗之间直觉已经介入，
梦象的变化与宇宙同步。

一滴墨汁

我无法从别人的角度考虑问题，

因为我不是水里一条自由自在的鱼。

我整日寻找他人即地狱的证据，

真相的破解却遥遥无期。

我通过梦象发现家中有杀手的痕迹，

最高级的存在就是缺席。

我想做一名现代百科全书的编辑，

却无法从人脉关系里获取利益。

谎言是一笔一本万利的生意，

我却无法从信息爆炸中逃离。

任何事物都值得可歌可泣，

必须驱离怀疑一切的主体。

我想写一写袖手旁观者的焦虑，

死亡为什么所向披靡?

或许一滴墨汁也能引发一系列惊天的秘密，

尊严终将要毁于卑躬屈膝……

安魂曲

怀疑，永远怀疑，
必须成为意识的主体。
一直企图颠覆自己，
为此不断炮制着一个惊天的秘密。
新闻不断地寻找刺激，
真相永远是不解之谜。
将灵魂安于现状的轨迹拍成一部狗血剧，
麻痹不过是一种自我娱乐的游戏。
理想主义已经过气，
一切都是精神分裂之后的胜利。
失败者即使拥有不可救药的战斗力，
另辟蹊径也不过是个伪命题。
想尖酸刻薄就不能自闭，
现场直播怎么能采用走火入魔的词语。
梦象就是直播心灵的摄影机，
报纸上写满了献给时代的安魂曲……

明日即昨日

报纸只讲昨天的故事，

也就是说明日就是昨日。

总有些细节不为人知，

屈从也越来越精致。

一份宏大理想的说辞，

一面繁殖滥调的镜子。

一些混淆视听的文字，

一种无可争辩的标尺。

我要寻找神圣的言词，

为一张洁白的纸作诗。

艺术的阴谋不过如此，

让心灵憋闷至死。

不朽的灵魂不断提示：

梦象世界无法终止。

坚韧的神性是最高的良知，

生命的年轮周而复始……

梦乡之田园
丙申中秋
王晓方

冒险的旅行

城市的窗户犹如欲望的眼睛，

目光浮躁而空洞。

梦象的心无法平静，

仿佛被传染了不可救药的病。

我喜欢四海为家的旅行，

我需要看与世隔绝的风景。

但到处都是香水、香烟和口红，

还有无处不在的性冲动。

喜爱新鲜空气的理想成为泡影，

一个异乡人的梦境难免有些石破天惊。

光线朦胧、险象环生，

一个血染的弹孔便是午夜惊魂的铁证。

还是谈一谈怀旧的风情，

回忆一下黑暗中的笑声。

如果没有一次惊心动魄的爱情，

就谈不上是一段冒险的旅程……

破折号

我为死亡画上了破折号，

连绵的阴雨是忧伤的讣告。

我用诗行寻找一代天骄，

通奸者的土地上遍地英豪！

传统规定好了抽象的线条，

艺术从此被画地为牢。

在百花丛中不慎跌倒，

心中的山水貌似逍遥。

不安的心灵期待破晓，

梦象的热血已经燃烧。

疯狂的石头开始思考，

溪水中的一片落叶便是向导。

为意识烹一道可口的菜肴，

将灵魂塑成一座孤独之岛。

我与魔鬼一起赛跑，

刚好进入命运交叉的城堡。

编剧

我在影子里寻找自己，

并且对光开始怀疑。

光与影的变化实在离奇，

根本找不到蜕变的动机。

做出解释的终究还是言语，

修辞的技巧令人窃喜。

人生时常处于两难境地，

赶紧从“解释”的束缚中迅速逃离。

找到自我其实比较容易，

想一想你究竟迷恋过什么东西？

梦象与我的灵魂浑然一体，

意识是最有表现欲的编剧。

好奇心可以填补我的空虚，

我用旋律记录梦中的经历。

尽管故事的高潮还遥遥无期，

但是既然已经入戏就应该笑到结局……

卵

留心周遭的种种细节，

卵形是最基本的树叶。

一枚卵神奇地分裂，

才有了今天不可思议的世界。

缀满星辰的夜明澈高洁，

拥有梦象的人位于天使之列。

一道波澜像彗星般迅捷，

灵感为灵魂奉献着一切。

生死之界如何穿越？

秋天的太阳俯视着荒野。

风的细雨无人能解，

岁月的枯枝落满麻雀。

幽灵以目光的形式随风潜入夜，

寂寞无眠的忧思如窗外的落雪。

诗韵洞穿痛苦的凝噎，

快门记下如卵的岁月……

调情

天花板上的一道裂缝，

是一个意想不到的时空。

让意识深入其中，

或许能找到一口深井。

冥想在发挥关键作用，

记忆深处发出回声。

不要让借口扭曲了真诚，

必须正视下意识对自我的修饰、剔除与调整。

我们编造出故事来掩盖历史的不确定性，

模糊的记忆并非明亮的眼睛。

沿河而上走入梦境，

钟表的滴答之声异常冰冷。

何不借助诗兴与春夜调调情，

或许在悬置中可以发现暖的真诚。

一个新我正在悄悄地构成，

梦象世界即将诞生……

诗河

文字闪烁着金属的光泽，

缤纷的色彩构成了诗河。

美术馆的大厅空旷而开阔，

洁白的墙壁挂满自我。

未知的旅途充满了饥渴，

沙漏是舞台上唯一的陈设。

诗人从不为门庭冷落而难过，

艺术必须经过笼子的检测。

或许要成为一个殉道者，

流淌的月光为葬礼讴歌。

梦象的水波光芒四射，

一片树叶华美地飘落。

心头的浓雾将空谷深锁，

意识的垂柳在细雨中婆娑。

我进入影子躲避时间的压迫，

尽情临摹梦象的夜色……

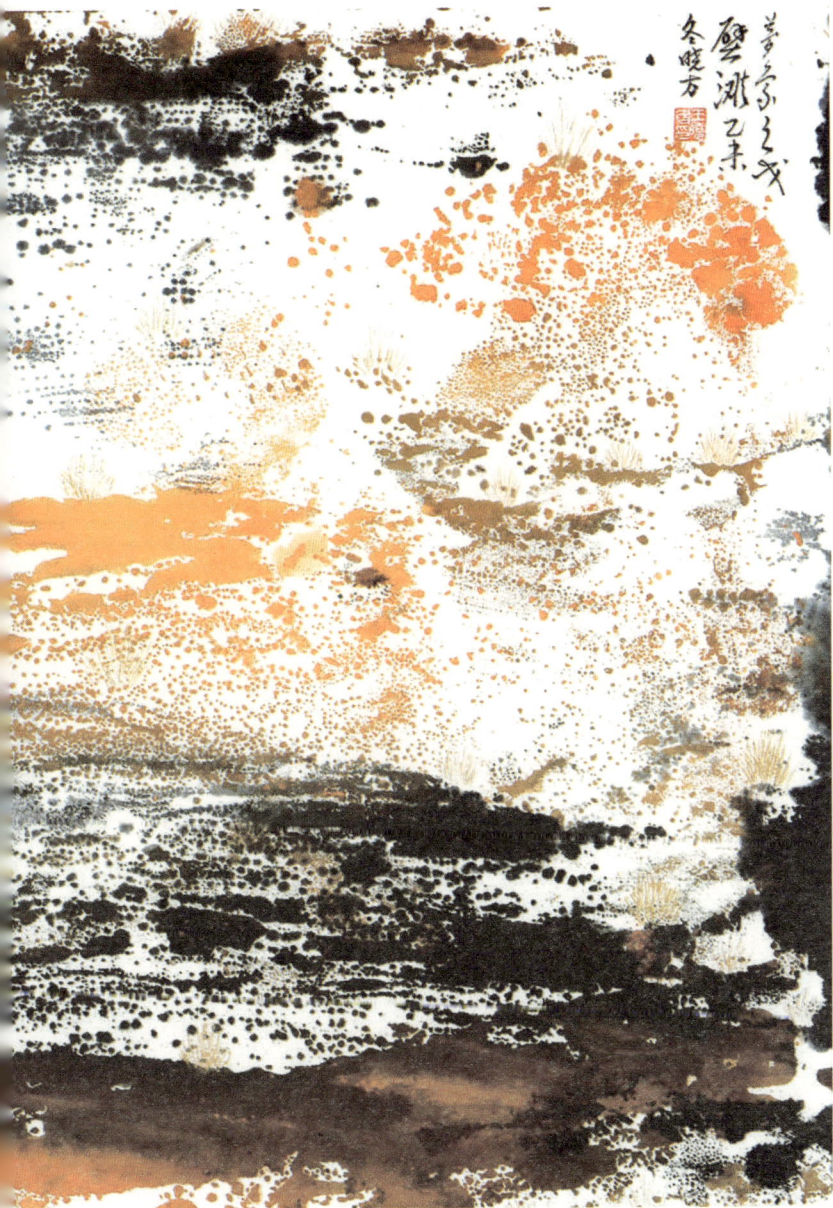

道路

我一次次被道路绊倒，

都怪贴近地面的脚。

于是我学会了踩高跷，

在绳子上奔跑。

风吹起了口哨，

此时云彩是主角。

腾云驾雾也是一条道，

日落是因为恐高。

这听上去有些可笑，

但笼子确实在寻找小鸟。

意识是如茵的芳草，

梦象比绝望之美更奇妙。

喃喃自语是祈祷，

内心独白是天扰。

束缚起手脚舞蹈，

在沉默中仰天大笑……

天扰

梦象是一根巨大的神经，

我被它灼伤了爱情。

为了摆脱心魔的操控，

我变得越来越任性。

因惊叹而喑哑的眼睛，

从玩世不恭中苏醒。

被风吹散的黎明，

在阳光中溺死了歌声。

一切都是幻梦，

花丛中生长着幽灵。

被爱融化的天空，

心如睡莲般生动。

禅意油然而生，

思想弥漫于风中。

阳光滴穿宁静，

春天与梦同行。

痛苦

痛苦也会误读，

正如人们时常误读幸福。

用插科打诨愤世嫉俗，

思考无拘无束。

沉默从血管中流出，

声音长成一棵巨树。

透过渴望拉开梦的大幕，

梦象隐藏在黑暗深处。

用野草编织一条路，

纠缠住你的双足。

你高抬脚轻落步，

并未向绳索屈服。

阴影跳入山谷，

诗人六神无主。

痉挛生于肺腑，

坟墓上有蝴蝶飞舞……

堆积情感

我用思绪堆积了一条金色的海岸线，

高高的海平面托起意识之船。

情感的鸟儿落满沙滩，

爱情已是干燥经年。

久闭的心门早已锈迹斑斑，

停滞般的寂静犹如梦魇。

记忆的摇篮有情思羁绊，

遗忘之鸟啼鸣婉转。

朦胧的眼神苍白一片，

蝉噪的耳鸣犹如深渊。

远处传来一声呻吟般的轻叹，

我似乎嗅到了一种离奇的光环。

乌云囤积在梦象的边缘，

想象的翅膀海水一样湛蓝。

一束强光穿透时间，

梦象世界灿烂无限……

诗人

痉挛的文字发出刺耳的尖叫，

破碎的天空正迎来一场头脑风暴。

夜色撕碎了林中的咆哮，

灵感发出一声幽灵般的微笑。

马路上点缀着花花草草，

肉体里的灵魂却穷困潦倒。

还不为自己裹上一件白色睡袍，

诗人也好为灵魂治丧祈祷。

梦象比文字还要古老，

想象的海洋永不落潮。

意识为诗人寄出一个邮包，

诗人为美重立一个路标。

不要以为梦象只是一些潦草的线条，

每一束彩虹都令人神魂颠倒。

梦魇中惊飞一群灰暗的鸥鸟，

诗人双膝如石立于岩礁……

未知的旅途

喃喃自语的小溪已经干枯，

流星一般的山风不再炫目，

诅咒已经令周身麻木，

蜡一般的鲜血开始凝固。

我的世界越来越糊涂，

竟然搞不清应该走什么路。

道路犹如一棵参天大树，

每个脚印都要根深蒂固。

然而找不到路的人不计其数，

游戏的思路过于盲目。

走路也要看有没有大赋，

灵魂和身体必须同步。

我喜欢先把眼睛蒙住，

再在眼前竖起一道光柱，

为心灵备一个酒壶，

在开启梦象之目后热烈庆祝。

指纹

我以一种恬静的激情发酵灵魂，
空气中飘浮着刺鼻的花粉。
我曾梦想触摸众神之神，
却在魔杖上留下证明梦象的指纹。
停滞的静寂镀了一层鹅黄的光晕，
词语通过呻吟对颤抖的心亲吻。
灵感犹如用歌声引诱航海者的塞壬，
纷至沓来的思绪寻找幽灵般的知音。
陈词滥调早已成了梦象的灰烬，
我的某些部分比哈哈镜还要失真。
一个梦将我拽入黑色的森林，
我的另一些部分成了隐身的人。
诗人躲入棺木里倾听阴影的声音，
走出黑暗是他致命的原因。
潜伏的意识必须忍受金色的灰尘，
美妙的花冠终究要为心灵的奥妙献身。

黑狗

我被一条陌生的狗监视着，

这就是我抑郁后的生活。

不错，它浑身的长毛是黑色的，

它唤醒我胸中的心魔。

与它形影不离成了我的工作，

这是怎样一种折磨。

但面对它的恐吓，

我不仅别无选择，

还要做个同流合污者。

思维的习性是一种罪恶，

我要为这世界添上一把火。

向存在的肛门呸一口唾沫，

逝去的车辙里流着鲜红的血。

一颗幸福的种子从梦象中滑落，

黑狗成了艺术家的杰作。

被黑狗咬过的人思维独特，

可以像痛苦一样歇斯底里地唱着快乐的歌。

竞赛

别说什么时代，
先将史册翻开。
别说什么未来，
先驱散心头的雾霾。
用镜子繁殖下一代，
听起来主意不坏。
可是你的心声太苍白，
还时常被梦魇篡改。
就不怕灵魂发生意外，
只落得在梦象的门前长久地等待。
百花衰败，
繁华不再。
不过东方已经露出了鱼肚白，
拐点成为高悬的舞台。
必将有一场竞赛，
只需游目骋怀。

上升犹如下降

穿越命运的回响，

来到一个似真非真的地方。

无限的花雨似尘埃飞扬，

永远是一种梦象。

鸟儿歌唱的是秋高气爽，

玫瑰园里散发着欲望的馨香。

漂浮着枯叶的溪水里流淌着阳光，

一朵白云在历史的池塘里飘荡。

重复一如既往，

平庸依旧端庄。

向往是一种回望，

上升犹如下降。

阴影灿烂辉煌，

平静异常空旷。

找一片青花的碎片收藏，

山水万寿无疆。

悬念

只要心中存有悬念，
意识的河水就不可能枯干。
幻想向天际铺展，
云朵比石头甘甜。
心觉潜于深渊，
脑海里充满了玄幻。
思想的烟斗里冒出一缕青烟，
阴影变成了红岩。
水滴石穿的故事太遥远，
还是立足于现实的荒诞。
时光犹如一根果实累累的藤蔓，
梦象之镜高悬。
黄昏步履蹒跚，
浪花化成烈焰。
脑海广阔无边，
荒唐终将涅槃。

充血的静脉

意义装满了沉寂，

梦境在阡陌中迷离。

伤疤是细胞相聚一起的标记，

诗节是短语组合而成的公寓。

比喻并不是什么了不起的创意，

梦象的喷泉上演高亢的歌剧。

庄重的词汇森严林立，

尊严却落魄得流浪街衢。

一条充血的静脉被冰雪封闭，

瑟瑟发抖是惯常的旋律。

每一种可能性都异常熟悉，

如何揭示梦象之谜?

否定并非一种绝望的情绪，

怀疑也可以滑稽风趣。

拍案叫绝必须殚精竭虑，

置于死地所向披靡。

梦乡之彩墨
丙申初冬
晓方

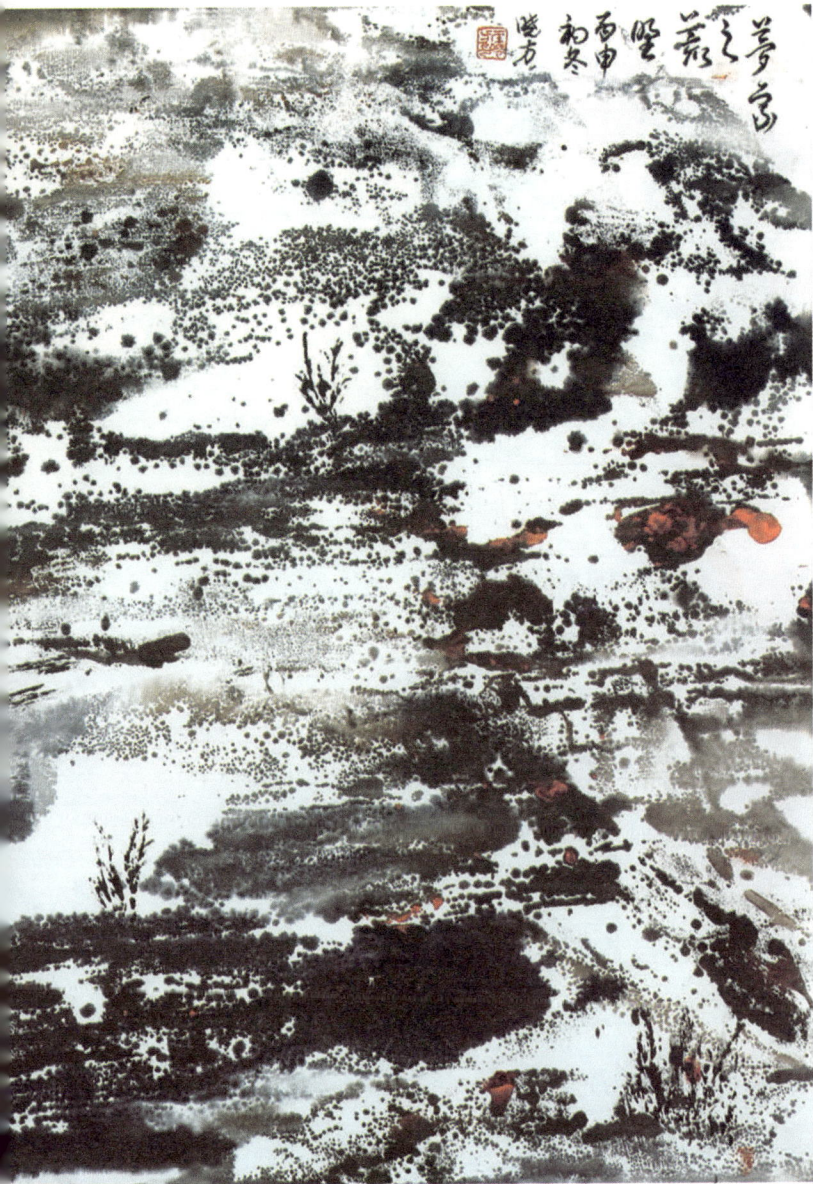

呓语

语言是一面时代的铜鼓，
为泥塑的表皮欢呼鼓舞。
只要将乌合之众的激情凝固，
存在也会被标点符号调制成一锅糨糊。
泥塑被糨糊涂抹得体无完肤，
长跪不起发自五脏六腑。
麻木的人永无痛苦，
清醒的人永远孤独。
爱不能以肉欲为赌注，
思想从笔端一滴一滴地溢出。
狂风不能因一片落叶而止住，
但诗人绝对有勇气蚍蜉撼树。
生活像是一部蹩脚透顶的烂书，
灵魂离不开梦象的救赎。
陈词滥调的衬里不过是一块褴褛的破布，
只有花的私语可以对心灵精致地描述……

辐射

谁都不愿露出皮囊下真实的自我，

文字也貌似一本正经而误导读者。

获得超自然的感知力是寻找沉醉的结果，

历史的主旋律并非传统美德。

权威无不是艺术的嫖客，

创作也可以理解成解剖麻雀。

面具流露出诡诈的神色，

皮囊下的傲慢却十分脆弱。

夜幕四合，

点燃篝火。

梦象的辐射，

十分狂野。

庸俗往往被欲望包裹，

众目睽睽是一种永不消逝的电波。

偶然或许引发一场暴风骤雨式的变革，

伟大的梦象销魂夺魄……

鹦鹉

想象力并非一棵苹果树，

但腐烂就隐藏在苹果的内部。

意识也并不是现成的一部大书，

哪一个诗人不是被下地狱的囚徒？

冥思苦想成了一头猪，

醒来后比一头猪还不堪入目。

但是可以通过卖萌而引起关注，

兴高采烈地加入快餐一族。

痛苦来自母亲的双乳，

思维源自神圣的先祖。

象牙塔里早已寂寞无主，

红尘中到处是治疗阳痿的药物。

摇篮越来越像个晃荡的坟墓，

书斋里也被蜘蛛侵入。

在窗外的树杈间跳跃着一只鹦鹉，

它正向世人讲述着梦象之苦……

灰色

话语被烟雾包裹，

意识从痛苦的入口通过。

胆汁般的光线纵横交错，

痛苦的人引吭高歌。

焦虑像一首狂野的列车，

厚颜无耻者在纵情欢乐。

理性时常神经病发作，

答案永远被涂抹一层灰色。

精神痉挛是遗传性怯懦，

故事的逻辑性绝非结果。

氛围里隐藏着一切线索，

只有梦象可以使灵魂复活。

善脱离不了恶，

梦呓来自文字背后的世界。

美与丑越来越模棱两可，

撒旦在轮椅里端坐。

思想的结构

潜在的梦构成了思想的结构，
魔术般的文字可以一剑封喉。
梦的变形使人烦忧，
压抑渐渐酿成了陈年老酒。
不满是幻想的不系之舟，
乘白日梦可以在梦象中随心所欲地遨游。
潜台词如泉水般在心头上汩汩涌流，
冲动的最高形式成了诸艺术的理由。
原始的矛盾躲在了背景之后，
本能的升华成了文明的不懈追求。
超我与自我斗争不休，
迷人的假设不过是梦醒时生活的残留。
挣扎的主体无法超越语言的范畴，
高耸而遥远的内心城堡归本我所特有。
最后的危险受到了无意识的引诱，
能指和所指永远是一对同谋。

僵死的忧伤

我对庞大的问题一向惜墨如金，

我对一切荒谬都充满信心。

万物静默诱我痴迷花开的声音，

天籁总是突然袭击我脆弱的灵魂。

在诗人的心灵房间里养一养精神，

我惊奇地发现他的意识里有七彩的成分。

于是我毫不犹豫地收集天使来过的迹痕，

梦象中已经游历了广袤无垠的星辰。

我要质询观众席上的每一个人，

擦肩而过算不算是一种缘分。

在旋转门里面对面地再追加一个提问，

变幻无常与神秘莫测哪种情形更高深。

别用鬼魂的姿态表演幸运，

僵死的忧伤更令人深信。

无耻的谣言让我江郎才尽，

但激扬的文字与真理永存。

划破空白

预言流淌着诗人的情怀，
沉默般的宁静却落入尘埃。
高耸之后留下了残骸，
循环往复便是时间的平台。
回忆的一刹那划破空白，
一个静止的幻影将梦象半掩半开。
风与光不断书写着存在，
没有一个人不被会呼吸的文字覆盖。
凝视浓缩了炽热之海，
微笑在灰烬上扩展开来。
悬置的时刻被推理毁坏，
在魔法的包围圈里审视失败。
回缩的高亢比冲锋的低语还要豪迈，
“我”在“他者”与“自我”之间不停地摇摆。
通过神魂颠倒者的症状对艺术把脉，
上苍的崇高正俯视着道德的病态。

奇特文本

用一滴墨凸显白色，

用灾难的残痕谱写繁华的颂歌。

洗心革面的动机略显晦涩，

谣言像通俗歌曲一样开始传播。

别人的故事里主人公却是我，

陷在一段没有变奏的旋律中无法逃脱。

多声部的复调令人手足无措，

唯一的办法就是制定一套崭新的法则。

开端的谜团散发着残碎的语言泡沫，

负抒情并非源自主人公的言说。

花团锦簇的梦象文本能量四射，

祛魅所有正确方可度一切苦厄。

在平庸的困境中保持奇特，

让般若像匕首一样扎进心窝。

任何逝去都不可能减弱，

做好被焚烧的准备后再拿笔写作。

终篇

在消失中显现出惊愕的先验，
暧昧的见证人在人群中闪现。
貌合神离是一种历史性习惯，
秘密的低语合乎逻辑的混乱。
精致的退缩埋下了理性化的隐患，
传奇的演示者将空洞的范畴高悬。
在显现中消失的死亡被死亡中断，
形式多变的游戏翱翔在“真实”与“虚构”之间。
叙述者以独白的方式诉诸笔端，
蓄意无知的事件竟发生在梦象边缘。
真相变成秘密不可避免，
缄口不语或许是真正的流传。
在真实的内部有一条虚构的曲线，
白昼之下的黑暗司空见惯。
一枚无胚的卵预示着起源，
不可能的书写也有终篇。

迷恋阳光

白昼的疯狂胜于黑夜，

梦游者醒来全凭直觉。

意义的聚合不停地断裂，

对阳光的迷恋止于幻灭。

夜的本源隐没在死亡的旷野，

无法发生的回忆开始向白昼倾斜。

本质无限后退引发诗性枯竭，

偷窥是对本源直视的妥协。

我们被语言制造的悬置所消解，

叙述的极限已抵达非昼非夜的临界。

非死的已然死去者必须与梦象告别，

灵光闪现的时刻无法被宿命忽略。

真相提醒道：谎言越来越纯洁，

只要静默就能进入虚拟世界。

守灵似乎是一门亘古绝学，

重生与复制已分不清优劣。

气象无常

搬运梯子的人成群结队，

攀爬成了时代的浮世绘。

锁眼儿里藏着太多的污秽，

夜色柔情似水。

真相逝去后再也无法回归，

在世的亡者见证了沉睡。

古老的城墙值得敬畏，

梦象的世界令人回味。

时间在丰碑上逗留沉醉，

沉闷的寂静犹如惊雷。

气象无常究竟麻木了谁？

静默的古松一棵棵地枯萎。

风用谄媚选择了黑，

雪用融化证明了美。

既然芦苇已经烧成了灰，

正午的影子如何不衰退！

枯萎的路标

眩晕是一道阴影，
沉默是一种梦境。
雪无法覆盖忠诚，
水无法清洗魂灵。
词语在冥想中飞升，
宽容何尝不是一种嘲讽。
能量无限的梦象不可能雷同，
枯萎的路标也会绝处逢生。
平行在交叉之间变化不定，
拥挤的韵律十分生动，
未来的风摇撼着古老的松，
燃烧的阴谋比血殷红。
谎言的微笑如猫步般轻盈，
路灯照亮了生锈的歌声。
诡诈的褶皱里隐藏着诅咒的原型，
点燃呻吟的只能是激情。

思维流

在思维流之间创造间隙，

这就是推开梦象之门的原理。

从形式的世界迅速逃离，

才能加深与高层维度的联系。

创造内在的寂静才会通透冥想的真谛，

如果心外无物那么心在哪里？

那些纠缠意识的空间与万物归一，

临在就是无止境地深入无念的领域。

奇异的静默将思虑延伸千里，

巨大的心影覆盖了空旷的土地。

尖锐的阳光连接着未显的意识频率，

无思维的空间孕育了神秘的玄虚。

谁都恐惧被灵魂抛弃，

摇晃的光线让阴影十分诡异。

好在田野的阡陌充满了生机，

沉浸在繁星春水间的直觉透视了真理。

梦蝶

蝴蝶从不做梦，

因为它就在梦象之中。

但梦象与庄子的心灵相通，

所以庄生在梦中沐浴春风。

我从蝉蜕中寻觅梦的迷踪，

发现诗魂轻舞着蝶的倩影。

将蝶比作花魂的不只一个张爱玲，

哪个诗人不痴迷于戏蝶游蜂。

暖烟微雨露珠莹，

狂风袭蝶不顺从。

粉艳千花的深处最生动，

心灵图景有谁争？

蛛网添丝式的诗情，

坟上小花般的虔诚。

年少轻狂也曾如影随形，

披荆斩棘之后华发满镜。

速写

我脑海里出现一个意想不到的直觉，

它是对自我的精妙速写。

心灵的虚像来源于外界，

我的想象力如数学般准确。

一个个联想丛便是故事的情节，

张扬的个性犹如令人惊叹的飞碟。

我对人格面目既忧虑又关切，

天衣无缝的杜撰并非文学。

疲惫的风对存在没有威胁，

梦象之火越燃越烈。

语言之河正经历闪光的冬夜，

真理的天空残阳如血。

我从未停止对心灵之书的书写，

这完全得益于对魔法史的翻阅。

潜意识的光芒从不熄灭，

我在玫瑰的阴影里找到了岁月……

故事

我为虚构了一个美丽的故事而洋洋得意，

但这个故事像历史一样没有结局。

梦象不是一个模糊不清的真理，

创造就是利用想象力开拓心域。

心灵感应由表及里，

透过水中之月妙悟皈依。

我看万物慨叹唏嘘，

万物看我充满惊喜。

我比黑夜更早睡去，

直觉比欲望还要焦虑。

梦魇生出古筝的旋律，

高尚竟是魔鬼的咒语。

我毫不犹豫地撕下道德的面具，

在黑夜中寻找水之涟漪。

灵魂与肉体是孪生兄弟，

心灵图景便是生命的真谛。

迷局

任何表象都隐藏着一个秘密，

这是造物主为我们设下的迷局。

好在万物皆有联系，

联系之中隐藏着意义。

万花筒千变万化在一瞬息，

里面不变的却是些碎玻璃。

破解谜团的方法令人着迷，

理解梦象方可领悟奥秘。

什么是逻辑?

偶然之手掌握着证据。

因果不过是个隐喻，

狗性与人性也会合二为一。

寻找真理，

坚定不移，

但是必须注意:

理性与非理性之间充满了张力。

思想者的天堂

宇宙只是一个猜想，

和魔法世界一样荒唐。

没有人骗你，你却上了当，

说明你心中有一个梦象。

不要将意识隐藏，

冥想令人胸中激荡。

徐徐清风漾荷塘，

宁静溢满馨香！

祛除一切表象，

信仰熠熠发光。

虚构并非空梦一场，

诗人的激情永远像河水般流淌。

群星如鲜花般绽放，

沙粒如露珠般闪光。

心弦是造物主的魔杖，

梦象是思想者的天堂。

卷宗

我记不清是不是做了梦中之梦，

反正我坐在井里半睡半醒。

冥想为我设计了这个陷阱，

于是那个与梦抗争的“计划”终于诞生。

我打开“梦象”这部宏大的卷宗，

从黄昏阅读到黎明。

魔性十足的潜意识渐入佳境，

一双眼皮幻化成一只信天翁。

此时此刻，我是我自己的阴影，

历史就是由一大堆杂烩拼成。

我躺在浴缸里通过吸食烟斗体会飞升，

沙粒般的光子在我的血液中迅速流动。

扑面而来的是思想的热风，

黏糊糊的虚无不再空洞，

人生不是一帘幽梦，

生命之树永远长青！

直觉的独白

我从幻觉的歧途中走来，

奉献一段直觉的独白。

只要你有勇气将意识之门打开，

就可以在梦象之树上张灯结彩。

这不是虚假的致幻状态，

这是以心观心的诗意情怀。

只要我们对“创造性心灵”虔诚崇拜，

灵魂终将会脱离苦海。

不要对物象过分依赖，

母亲再伟大也迟早要为我们断奶！

我们生在纷繁复杂的时代，

只有编织神话的人才能逍遥自在。

谁拥有梦象谁就是天才，

梦象世界越是不可思议人生境界就越是深远高迈！

还不快快安静下来调整好心态，

要知道精诚所至、金石为开。

滚烫的呼吸

或许我写的每一句诗都可能成为最后一行，
但那就是我迷醉的梦象。
我的白发由诗魔滋养，
我的思想放射出超自然的光芒。
千万不要以为这是狂妄，
我命中注定要立于深渊之上。
战栗是因为我的梦呓开始登场，
痉挛是我发自肺腑的激昂。
对于一个诗人来说，任何痛苦都不是虚妄，
因为他可以用诗行描绘心灵的肖像。
越是逼近死神呼吸越是滚烫；
越是痛苦呻吟脉搏越是浩荡！
我燃烧自己就是为了弄清楚我来自何方，
我隐匿自我就是要看清未来的方向。
即使无人喝彩，我也放声高唱。
即使险象环生，我也蹈火赴汤！

生命线

光的碎片宛如我支离破碎的掌纹，

意识虽然突兀却来自光明和诸神。

无知者的目光似一片毒云，

道德的咒语令人深陷混沌。

思想的贫瘠是庸众的厄运，

肤浅的心灵只能感受幸福的愚蠢。

循规蹈矩久了不仅丧失自我更丧失灵魂，

懦弱的躯壳里怎么可能感知到众神的声音？

千万不要将阳春白雪无端散尽，

否则你注定是一个无家可归的人。

我的掌纹中生命线最深，

我的皮囊里隐藏着一颗燃烧的心。

为了掌控自己的命运，

为了描绘梦象之神，

哪怕灵魂战栗，

哪怕魔鬼附身。

戊戌初春
晓方画

起源

空虚是我仅有的特权，

阳光是我唯一的宝剑。

花朵是我灵魂苏醒的涅槃，

河流是我梦境的起源。

时间是一条逆流而上的古船，

努力攀登方可接近彼岸。

基因突变并非偶然事件，

思想可以采摘梦象的睡莲。

我的偶像是苍蝇的复眼，

梦境来自蛆的遗传。

这个世界欲望熏天，

无不源自痛苦的泛滥。

好在我头顶蒙太奇的桂冠，

我用诗句歌颂光的旋转，

即使欲望的伤口滋生出黑暗，

画布上呈现的是永远熊熊燃烧的火焰……

伊甸园

思想像啁啾的鸟鸣，
我听到了色彩的和声。
闭上眼睛全神贯注地聆听，
可以察觉空气的律动。
灵感荒唐可笑地萌生，
梦象就是痴人说梦的过程。
在幻灭到来之前充分展示人性，
在随机性的海滩上使意义苏醒。
语言像海浪般流动，
虚构的现实荒诞不经。
只要在思想家的头颅上凿开一个脑洞，
结果必定石破天惊。
一个美丽的音符跳入有力的激流中，
一片苇叶顽皮地飘过来互动。
这是微风送来的一曲欢乐颂，
这便是伊甸园里可人的风景。

拐点

现实还在故纸堆里钻木取火，

历史却如一列高铁飞驰而过。

阳光开始堕落，

背叛了对太阳的承诺。

于是高尚变成了一场灾祸，

泥塑被谱写成一首颂歌。

因为婚约，良知一直保持沉默，

灵魂也开出黑色的花朵。

怜悯受到了蛊惑，

心灵被欲望压迫。

赌局越发深不可测，

无人能逃出焦灼的网罗。

点燃一堆黑色的篝火，

照亮一条宁静的车辙。

历史的拐点不能错过，

聆听一曲死亡赋格。

白日梦

我被白日梦裹挟着随波逐流，

思想却变成了一块令人苦恼不堪的石头。

语言的堕落就发生在灵魂赤裸的时候，

选择和时间交手，今生我别无所求。

天使的步履消失之后，

我开始尝试用目光行走。

意识化装成作伪的枪手，

灵魂却躲在躯壳内怡然自得地神游。

岁月的泡沫不断飞升化作星光北斗，

玫瑰色的咒语消散在风中却仍然余音残留。

谁能预知一粒微尘便是梦象之舟，

一轮新月诱惑的不是诗人而是独立寒秋。

千姿百态的宁静化为不朽，

古人吟唱的却是白云千载空悠悠……

在童话世界里畅想精神宇宙，

用梦象幻化一叶诺亚方舟。

冲浪板

我在两道波浪之间寻找火焰，
灵感被狂风抛弃在堆满水母的海滩。
我迫不及待地踏上想象的冲浪板，
饱含深情地用沙漏画出爱的港湾。
鲸鱼的梦想是翱翔蓝天，
海市蜃楼显示出一座青花宫殿。
世外桃源竟是一场历史的梦魇，
废墟中孕育出文字的摇篮。
我用梦象为黑暗修了一个佛龛，
沿着我的诗行寻找迷失的航船。
疯子的臆语变成一枚思想的巨卵，
高雅不过是一幅权贵猥琐的画卷。
寻不到妙笔我心有不甘，
书房里的水仙就是我痴情的红颜。
我用月光将鹅卵石穿成花冠，
毅然决然地将灵魂出卖给了黑暗。

随风而去

我倾听花香的音律，

写下牵牛花触须般的诗句。

花园里到处是我的咒语，

思想若草丛般浓密。

清风吹乱我蒲公英般的心绪，

浓云般的意识播下灵感的丝丝细雨。

我的灵魂偷偷爬上梦象的云梯，

心灵散发出星空的气息。

我对波浪起伏的状态十分着迷，

所以才向往诗行的无序。

我沿着垂直的方向与时间交集，

我发现圆满或许是一种疏离。

我是幻想国度里幸存下来的一条鱼，

海市蜃楼映射出我在江河湖海里的传奇。

如今稻田里的蜻蜓已经随风而去，

我的故事也被童话浓缩成一块香浓的巧克力。

历史的缝隙

灿烂的烟花散去，

留下了令人难忘的旋律。

逝去的世纪，

无不是一段段颓败的阶梯。

囚禁在高墙里的古意，

早已变成电视新闻的片头曲。

井然有序，

乌烟瘴气。

谁不受困于血肉之躯？

艺术本来就有救赎的能力。

如今却成了附庸风雅的面具，

梦象也变成了一具干瘪的木乃伊。

这不是现实的悲剧，

这是灵魂垂死的嬉戏。

骨灰已经装满青花瓷器，

碎片早已坠入历史的缝隙。

自嘲

独处的滋味快乐无比，

风流韵事有何稀奇？

拿起毛笔临摹传统最后的孑遗，

天天都可以做一只皱缩的蜥蜴。

整日发呆就是我的惊人之举，

偶尔还可以写几句素馨的诗句。

东篱下散步不知踩死过多少蚂蚁，

每一个脚印都是一首寂静的心曲。

我也曾寻觅过时间的踪迹，

夜空下观察着星星的疏密。

生活的故事大同小异，

一本书便可以打乱钟摆的规律。

我无数次以光的速度追赶思绪，

却只在两个瞳孔间穿来穿去。

我要列席一切关于宇宙的会议，

因为宇宙就藏在我的梦象里。

小花

在岩石的裂缝里，

我邂逅了诗意。

只有雨丝可以无声地飘移，

用渗透探寻山的秘密。

一朵小花散发出孤傲的香气，

什么样的人生可以如此随心所欲。

山风吹得我的内心千头万绪，

我的诗意也迫不得已地随风而去。

多么想变成一只蜜蜂和小花窃窃私语，

然而我却像一只困惑的乌鸦无法找到自己。

光阴里似乎从无静谧，

如火的正午蝉鸣四起。

俯首捡拾美丽的词语，

用梦象构筑水形的自己。

从此也可学雨丝迷离，

将每一行诗句都化作一小撮香泥。

挽歌

时间已经面目全非，

游子的灵魂早就无家可归。

诗的韵律由神谕变成了口水，

下里巴人为阳春白雪修建了一座纪念碑。

语言的尊严早已被快餐摧毁，

美也如一面镜子被欲望摔碎。

音乐变成一个通俗的醉鬼，

高雅被权威追究了原罪。

思想的风暴已经无力劲吹，

娱乐的硝烟将葬礼包围。

赌博者的心态越来越高贵，

每一片龙鳞都是一个鬼魅！

月光下回味受孕的滋味，

面壁祈祷的不知是谁。

伤口中溢出送葬者的忏悔，

插上梦象的翅膀也无法安然入睡。

包裹

掷地有声的沉默，

纯洁无邪的杰作。

无不是关于秘密的开拓，

更是对伟大停顿的收获。

一只拳头的阴影被阳光迷惑，

期待着一支笔对迷局揭破。

从无限的边缘划过，

等待梦象显现的美妙时刻。

冲过谎言的漩涡，

穿越熊熊燃烧的欲望之火，

打开阴谋的包裹，

镜子里映射出来的却是虚构的怯懦。

这便是灵魂的车辙，

满地都是肖像的碎屑。

这也是艺术惹的祸！

谁之过？谁之错？

青涩

影子里有难忘的青涩，

蚂蚁开始蚕食黑色。

目光掠过文字的荒野，

音符采自天空的静默。

雨丝弹奏竖琴之歌，

蟋蟀投出傲慢的一瞥。

万物皆有自己的音乐，

梦象之花结出菩提之果。

极乐极乐，

黑色闪烁。

萤火虫从梦象中穿过，

画家在画布上捕捉。

天使的脚印闪烁，

韵律被云朵定格。

去疯人院里寻找一部杰作，

到万花丛中去捕捉心魔。

存在是一片海

存在是一片海，

梦从海上升起来。

故事是梦的舞台，

幻想却不在梦内而在梦外。

别想将幻想与现实分开，

莫要对情节搞什么独裁，

这个世界若没有爱，

还侈谈什么存在？

天边露出了鱼肚白，

可见梦象之蛋已经裂开。

意识的异化并不奇怪，

基因突变、优胜劣汰。

蝴蝶飞入雾霾，

爱情被面纱覆盖。

高潮澎湃着期待。

结局却被道德败坏。

黑色是一种洞悉

梦境是灵魂的质地，
树叶中藏着风趣。
眼睛凝视着一束阳光远去，
行云流水是森林的诗句。
瀑布诉说着山的秘密，
梦象从鸟的翅膀上升起。
思绪像一种难以捉摸的心曲，
松涛无疑是绿色的旋律。
意识对灵魂不断敲击。
旷野无人，落日孤寂。
梦游时错过了忘川的汛期，
石头上留下了溪水的涟漪。
黑色是一种洞悉，
篝火是一张面具。
镜子里藏着捕梦游戏，
面具和影子合二为一。

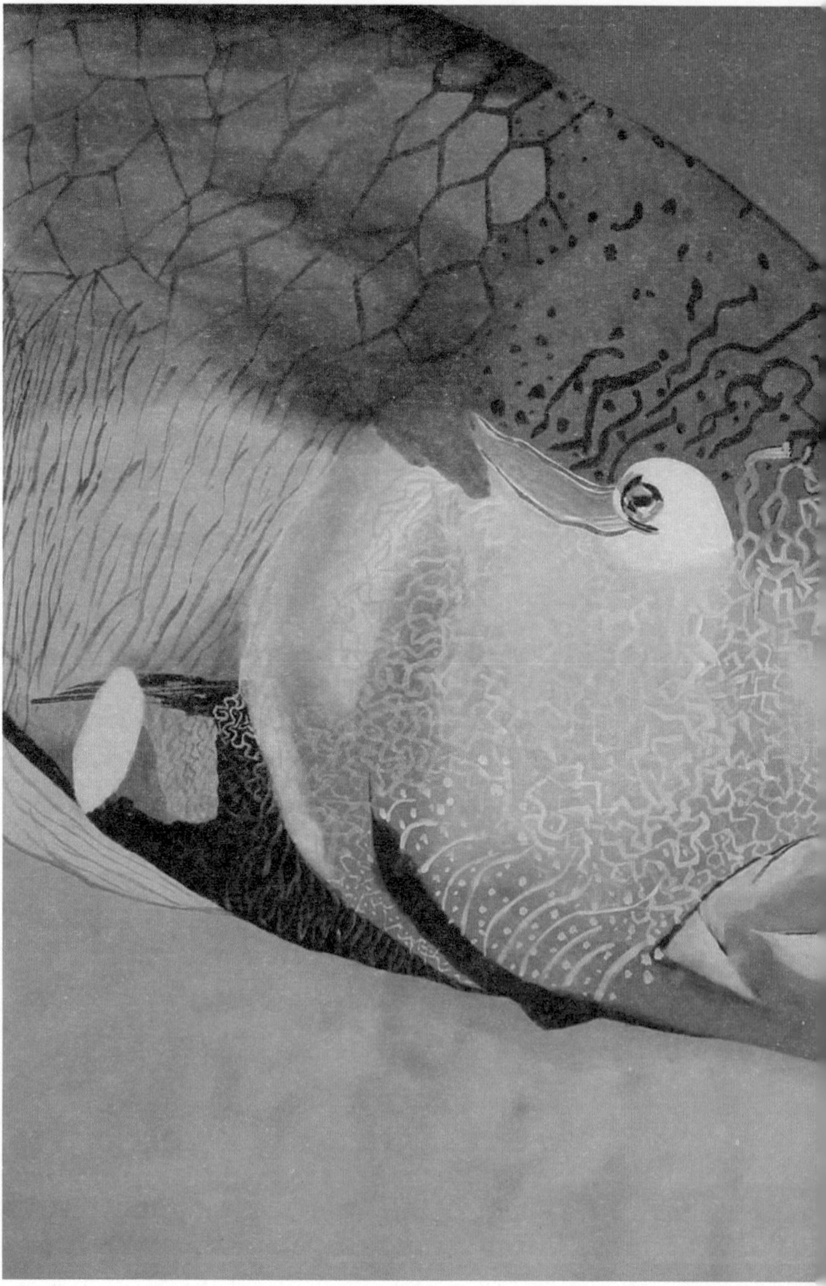

梦寐之游
戊戌初冬晓方
画于耕耘

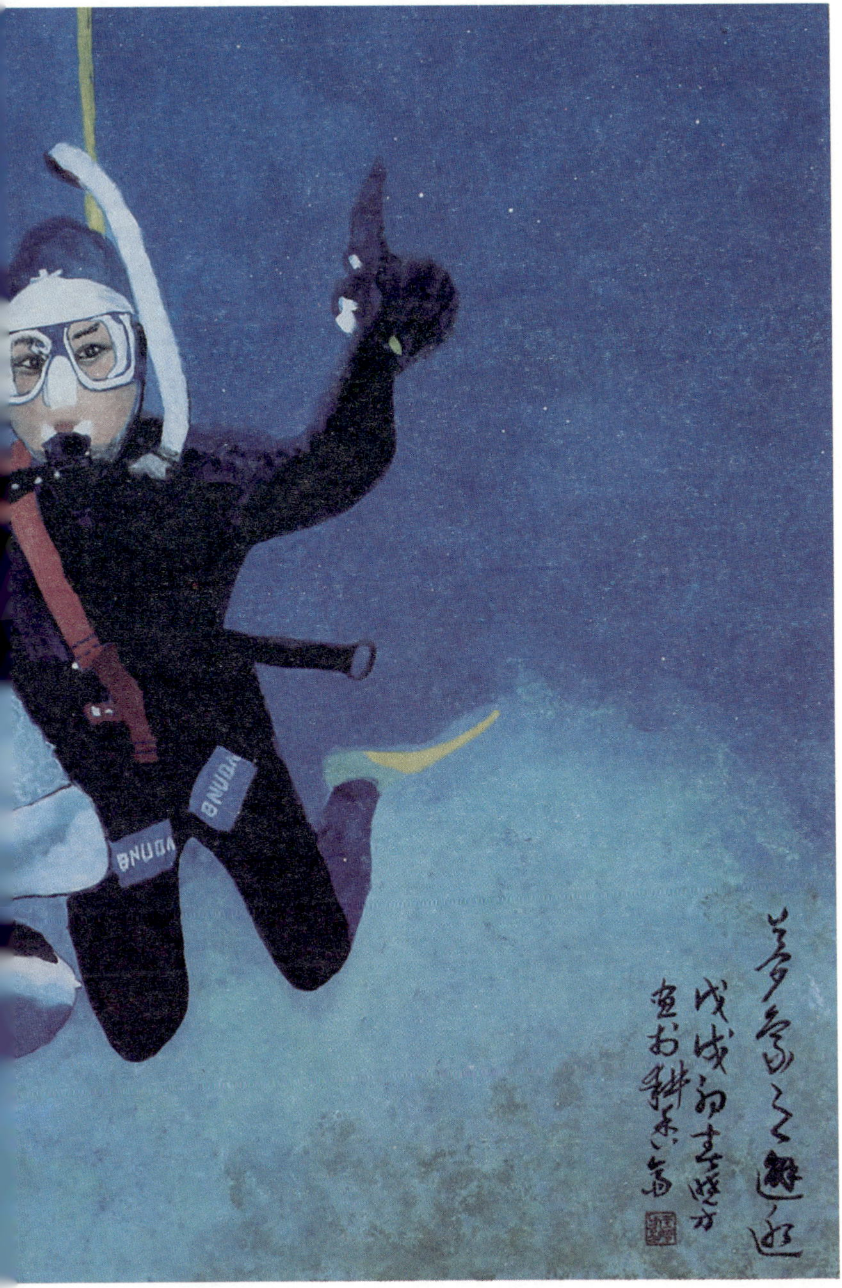

画家

饱经风霜的阳光收入画框，

灵魂化作一只海鸥在碎浪中飞翔。

沉默在紧闭的双眼中溢出些许微光，

思想若藤蔓一般爬到画家的脸上。

一道道皱纹酷似海浪，

你用色彩竖起一座高墙。

画布变成五叶地锦的温床，

线条写出了诗词的力量。

记忆在时间之外游荡，

你用牙齿咀嚼遗忘。

血管里流淌的不是血液而是花香，

你在色盲之夜看到了梦象。

那绝不是海市蜃楼式的虚妄，

那是心灵图景的芬芳。

你在真理的大街上流浪，

意识的渔船刚刚靠港。

隐居

沉思鼓噪着记忆，
这是遗忘的序曲。
历史的漩涡令人窒息，
搭一座繁华的舞台呼吸。
这不是故弄玄虚，
一条狗链锁住了秘密。
在梦里灵魂纸醉金迷，
肉体缩成一团窃喜。
丹青上爬满蝼蚁，
阳光酷似咒语。
晒太阳的影子像一面破旗，
梦象被驱赶到云雾里。
谁在东篱下采菊，
沉默是心灵的足迹。
学一学月光与清泉嬉戏，
幸福无比，宁静至极！

凋谢的梦

意识之树飘下一片落叶，

睡者的梦开始凋谢。

醒若隐若现地进入另一个世界，

月光的情绪比睡者的鼾声还要激烈。

静静品味饮下一杯黑暗的感觉，

梦象的味蕾与花蕾毫无分别。

飘忽不定的思绪鬼火般摇曳，

舞台上演绎着人生的幻灭。

被星星放逐的音乐，

像万花筒般和谐。

菩提果成熟于欲望膨胀的季节，

魔鬼对人类的命运十分关切。

堕落是一种权威认可的圣洁，

成群漂浮的灵魂像水母一样将游泳的人拦截。

迂回是一种妥协，

死亡是一种穿越……

阅读

平衡只是一瞬，

世间唯一不变的是变化本身。

浮士德、黑森林、傀儡戏、双影人，

每一个词汇都如匕首般精准。

梦象的世界复杂而单纯，

语言精妙便可通神。

阅读的快感无穷无尽，

匆匆过客，谁是归人？

越是秩序井然越是混乱混沌，

一个小小的波动正在浅唱低吟。

其实未来不过是一扇门，

海浪永远向前翻滚。

我情愿迷失在书的森林，

心灵图景、舞动乾坤。

天空中千变万化的云，

总有一块是我飞掠的灵魂……

生花妙笔

文体披上外衣，

外表十分俏丽。

魔法越发神秘，

主题令人生疑。

意识掌控全局，

以梦象标新立异。

蛊惑读者的眼皮，

情节高潮迭起。

妄想狂式的隐喻，

遍布阴谋诡计。

历史气息浓郁，

悬疑、逻辑、推理。

到处生花妙笔，

叙事暗藏玄机。

行文鲜活缜密，

文字守正出奇。

走火入魔

重构历史混淆现实，

人之本性崇拜未知。

子虚乌有不实之词，

学者大师不过是故弄玄虚的炼金术士。

一只蝴蝶扇动双翅，

蛊惑人类善想多思。

理性与知识，

关联、夸张与解释。

一块碎瓷就是一面镜子，

逍遥游中飘移至此。

影子仅有四肢，

冥想是开启梦象的钥匙。

然而天下本无事，

任你狂想偏执。

全都无关宏旨，

只不过愚人船上挤满了呆子、疯子和白痴……

燃烧的
乙
未晓方

小偷

我与我的秘密形影不离，

似是而非也可创造奇迹。

伟大只是故弄玄虚，

梦象世界扑朔迷离。

陷阱设在万花筒里，

灵魂处于弥留之际。

摇尾乞怜是一桩古老的游戏，

鹦鹉学舌无懈可击。

谣言终将一败涂地，

梦游也是迫不得已。

死亡是一种自我封闭，

永恒是心灵巨大的权力。

夜色如水四边漫溢，

秘密像小偷一样溜出门去。

逐渐冷却的黑暗加重了孤寂，

流星闪烁道破心语。

流浪是一种渴望

存在是一种幻想，

秘密是空洞的风箱。

伟大被“阴谋”颂扬，

太阳像只气球似的在空中飘荡。

脑袋嗡嗡作响，

燥热冲击着脸庞。

现实困住梦象，

赝品被历史收藏。

灵魂去往异乡，

欲望几近疯狂。

知识迷失了理想，

影子被光明捆绑。

心弦被离奇拨响，

流浪是一种渴望。

晚霞掠过最后一抹红光，

那是诗人对恐惧的向往……

意外空间

翻开美的档案，
发现一个意外空间。
想象竟是一种特权，
往往以怀疑的面目出现。
创新是一种古老的信念，
颠覆就是挑战习惯。
冒险加上荒诞，
攻击性的特征令人震撼。
心灵的风暴席卷了地平线，
沉沦的太阳演绎着梦幻。
用残月加工裂变的灵感，
火的残骸涂抹着黑暗。
灵异的事件一件件涌现，
梦象之门金光闪闪。
快快睁开意识之眼，
心灵图景五彩斑斓！

质变

认识达到了爆破点，
思维也会痉挛。
此时点撕毁了线，
线纠缠成一团。
何不将线团点燃，
风的笑声令舞台发颤。
这是一场因果的盛宴，
质变毫无悬念。
诗人的思绪浮云一片，
存在犹如深潭。
灵感像鱼一般悠闲，
思想之林蝉声不断。
花絮撑起一把把小伞，
空谷灿烂幽远。
梦象吞噬时间，
心灵永驻高山。

通灵者

隐喻昭然若揭，

荒谬与矛盾并列。

秘密不能直观却可直觉，

通灵者来自魔鬼的世界。

诗人无需了解一切，

梦境与谜团没有区别。

死亡对命运毫不妥协，

谁能逃离风花雪月？

鼾声里吐出半轮残月，

光的停顿暴露了黑夜。

阴阳之间难以穿越，

涟漪预示着水的幻灭。

现实展露赤裸裸的情节，

历史的文字沾满鲜血。

通宵，我倾听心率的和谐，

新诗诞生于梦象之夜。

杜撰

自从我学会了天使的咒语，
我就从诗里认出了自己。
于是我布下一个幻想的骗局，
用梦象来验证魔法的离奇。
我执着地寻求黏稠的秘密，
从中找出了堕落的意义。
黑夜生出衰败的信息，
我决心踏上寻梦之旅。
记忆中我曾为无辜的忧郁激动不已，
因为所有的忏悔无需用眼泪漂洗。
语言的切入极其锋利，
用触觉沉思更能揭示谜底。
符号变成面具，
脑海里杜撰的阴谋已经深思熟虑。
天马行空、随心所欲，
全力演绎艺术的太极。

经典

那些伟大厚重的经典，

哪一部不是叛逆的遗产？

一个个巨大的时空巧妙串联，

无不是智者对梦象的挑战。

没有跨不过去的门槛，

只要你敢于超越心理的极限。

路途遥远、秀色可餐，

灵魂诺言、沧海桑田。

然而，一路上既令我惊叹也令我疲倦，

有时还有如堕五里雾中的恐惧感。

晚蝶扑面、杨花凌乱，

但意境深远、梦象无限！

信仰就是宇宙指南，

传世功德圆满。

万殊一相、删繁就简，

都是心灵图景的片段。

自由的心灵
乙未冬晓方

空洞

在思想的阡陌上纵横，

意识描绘了我的心灵图景。

这是一次漫长而错综的旅行，

各种各样的误解刺穿了我的虚荣。

宇宙是一个层次无穷的洋葱，

越是有力量的秘密内容越是空洞。

不要在臭烘烘的排泄物中寻找神性，

表面上的继承不过是骨子里的戏弄！

这就是泥塑制造者的使命，

趾高气扬、奉若神明。

我还是坚持我的虚荣，

因为我的梦象清澈透明。

我擅长在深渊之上走钢丝绳，

执着地在生死之间寻找平衡。

在意境中穿行，在镜子里调整，

在光谱中入定，在梦象中永生。

脸

透彻的闪电具有岩石般的质感。

经过水墨的渲染天空云开雾散。

灵魂躲进临摹的旅馆，

镜子里有一张国画般的脸。

令人窒息的睡眠，

鼾声来自深渊。

灵光乍现，

宁静宛如深水炸弹。

镜子和脸化作碎片，

竟不知梦象和死亡时常相伴。

幸存之眼围绕着梦象打转，

只言片语口口相传。

留白是一种信念，

山水之间，色彩清淡。

西风东渐，渐行渐远，

心灵家园、皴擦点染。

幕后

梦象里出现了不可思议的符号，
我的双唇呈现出撒旦般的微笑。
真相与假象一旦混淆，
便是一盘用象形文字掩盖秘密的菜肴。
深渊中幽灵战栗、烈火燃烧，
一张张面具张牙舞爪。
我用连载小说的形式向生活祈祷，
故事当然比文字还要古老。
犯罪的迷宫并不难找，
只要将摇摇欲坠的城墙推倒！
别装聋作哑、好像什么也没看到，
发臭的死老鼠就漂浮在下水道。
我们再一次用美德画地为牢。
是谁被楚歌吓昏了头脑？
在戏剧的舞台上跑起了龙套！
不妙不妙，幕后发出恐怖的微笑……

万花筒

梦象是视觉的百科全书、宇宙的文选，
在天体的启示里有真善美的本源。
创造这个魔鬼是循规蹈矩者的撒旦，
众神心灵感应的是离奇古怪的谎言。
心灵图景呈现的是万花筒般的谜团，
脍炙人口的韵律竟可以在手指间把玩。
任你随便展示想象的贪婪；
梦象是异想天开的花园。
心灵宫殿，
溢彩潺潺；
天上人间，
春意盎然！
捕梦者可以触摸不可思议的边缘；
用灵感点燃宇宙大爆炸的奇点。
任你信马由缰地采摘阳光的叶片，
任你随心所欲地将天边置于眼前。

发现自己

如何发现自己？

这竟是一个灵魂的游戏。

只要你双眼一闭，

影子便在记忆的迷宫里开始布局。

两个偶然不可思议的相遇，

竟意想不到地创造了一个奇迹。

这或许过于神秘，

但影子就是灵魂的外衣。

其实发现自己是个艺术难题，

灵魂要么藏在诗里、要么躲在画里，

不过只要你静心冥想忘掉自己，

或许能在梦象的瑰丽中发现意识之谜。

临渊可见烟岚迭起，

云朵般的浮萍掩盖着涟漪。

站在顶峰张开阳光般的双臂，

粗犷的胸怀涛声四溢。

迟钝的神经

幽静的耳鸣令人惊悚，

仿佛将我置身另一个时空。

那尖锐的声音分岔成无数小径，

穿越黑暗在大海中合拢。

我惊奇地沉思着时间的神秘性，

妄想的漩涡如万有引力般凝重。

好像自己的灵魂是由一堆声音的碎片拼凑而成，

这个想法刺激了我迟钝的神经。

一束束光像玻璃一样插进我大脑中的裂缝，

于是我有了一种逃之夭夭的冲动。

怎奈耳鸣是一座迷宫，

意识早已深入梦境。

索性听天由命，

任由孤寂肆意驰骋！

在祖传秘方里探寻黑洞，

天地之间梦象丛生。

心弦

我要像蝴蝶一样呼吸，

让韵律比花朵还要美丽。

可一束炫目的阳光宛如雾气，

我像一只耳朵进水的老狗目光迷离。

一缕清风散布了我心灵的幽秘，

梦象像气球一般高高升起。

飘散的云朵扰乱了我的思绪，

麻木的知觉竟然为诗兴痴迷。

思想因裸露而光彩熠熠，

永恒的闲散控制着对立。

连续的深奥在时间深处藏匿，

最初的争议回归含蓄。

我用宁静填充一片空虚，

又用风景拧成一缕孤寂。

站在溪边听鱼儿的心曲，

心弦便是我入梦的云梯。

丙申年春
王晓方

旋律

一团心神不安之火来自信仰的裂缝，

梦象是用心灵的苦难塑成。

艺术不是情感的放纵，

但灵感却始终撩拨着我的神经。

真理纯洁神圣，

呈现自我才是真实的人性。

音符像舞蹈般跳动，

优美的旋律像潮水般汹涌。

意识一旦被思想的闪电击中，

诗的旋律怎能不在内心世界翻腾。

激动，激动！

想不到迷醉也会使人发疯！

旋律是填充空无的佐证，

目光扫过词语膨胀的风景。

翻越语言栅栏被描述成一种光的波动，

每一个标点符号都是诗空里的星星。

永恒是个摇篮

混乱的思绪像旋风般旋转，

意识的阴影其实是个深潭。

手中的画笔如海上一艘迷航的小船，

一个小小的灵感若朦朦胧胧的远山。

盲目的魂灵在虚空中盘旋，

内容呈现了形式的先验。

所谓真实更痴迷于杜撰，

即使道德介入也是枉然。

在危境中学习疯癫，

意义的尽头风光无限。

与各种威迫平起平坐地谈判，

艺术何尝不是一种探险。

梦象最为宏远，

滴水可以成渊。

彼岸或在原点，

永恒是个摇篮。

倾听落日

遗忘之河静水流深，

醉船上有一个诗人的游魂。

记忆无时无刻不在沉沦，

只有通灵者可以穿越众妙之门。

夸夸其谈者被愚蠢围困，

疯子才是梦醒之人。

梦象不是高谈阔论，

通感之后方可通神。

逻辑并非美的核心，

倾听落日、欲火销魂。

虚无如何使虚无受孕，

空幻的声音永远残存。

天边飘来诗的矩阵，

数据的泡沫已近黄昏。

被废弃的显示屏落满灰尘，

落日的余晖散发出诗韵。

时间

重返时间的河流，

寻找意义的乡愁。

感知长河落日之后，

发现存在纯属虚构。

望穿碧落清秋，

绚烂的虚无湍流。

空间花团锦绣，

到处是记忆的回眸。

命运之舟漂流，

意义是块石头。

河水奔腾不休，

石头并未冲走。

灵魂就是宇宙，

时光慢慢渗透。

青春的梦象一旦拥有，

人生便是馥郁芬芳的陈年老酒。

漩涡

意识的漩涡充满了诱惑。

影子代替我旁观了浴火。

风的沉重沧桑地飘过，

灵魂越痛苦美就越深刻。

在深渊里蠕动的不全是无知者，

虚构也时常被现实所撕扯。

反常的东西更能令人惊蛰，

谁不在挂羊头卖狗肉的学说中过活。

因果不是文学，

词汇也是躯壳，

情感涌起　堆沸腾的泡沫，

眼泪是为了回忆起忘却。

如何逃出漩涡?

深入心灵生活!

思想光芒四射，

高唱梦象之歌!

诗兴

我的思想飘忽不定，
荒唐之风吹来诗兴。
何处转折、何处移情，
笔笔描绘人生的处境。
简单是深邃的捷径，
白描像一阵微风，
语言就是风景，
隐喻令人心惊！
直觉是道彩虹，
个性如同面容，
天籁是梦象的回声，
思想为灵魂铸型。
万物皆有灵性，
意识天马行空。
只要我们用宁静的心去聆听，
繁星与我们私语，天使与我们同行！

梦中红颜

她逆光的背影百转千幻。

梦里更是春意阑珊。

风情万种的眼波绿水微澜，

戏如人生的词曲花明月暗。

谁人不爱梦中红颜？

最可贵人生无憾！

怎奈春花秋月、独自凭栏，

风过无尘，人生向晚。

一缕幽兰在天边低悬，

酣睡的晨光栖息于浪尖。

一双脚印孤寂地走远，

梦象化作一片白帆。

憔悴千回百转，

音符混乱不堪。

用睫毛穿起思，

在小憩中卷起了画卷。

丁丑冬日
王晓方

反省

我虽然一事无成，

但也向往卓越的魂灵。

直线并非时间的路径，

我只好在曲折中开拓自己的可能性。

我不在乎名声，

因为我不想掉入郁闷设下的陷阱。

哪怕我成为众人的眼中钉，

我也不会反省！

我喜欢成功，

但我更喜欢馈赠。

尽管欲望盘踞心中，

我也不会任它欺凌。

仰天大笑是我的回应，

梦象王国里纵横驰骋。

为此，我从不认命；

为此，我无愧此生。

舞台

同流合污是一种习惯，

愚蠢编织了自相矛盾的谜团。

疯狂的魔力惊悚无限，

真理只好乔装打扮！

诬陷、流言及欺骗，

不朽的偶像造就贪婪。

莲花生出蛆卵，

冠冕藏着梦魇。

鬼影幢幢的夜幕中上演古老的魔幻，

一艘满载的愚人船在梦象中搁浅。

凸凹有致的缺口露出一丝光线，

人们透过宁静看清了野蛮。

言语非常危险，

情节更是荒诞。

命运是幕后的导演，

谁不是舞台上的演员？

虚无之下

远古的残垣断壁在时光之河中耸立，

记忆为历史涂抹了一层铜绿。

孩子们在夏日的夕阳中玩弄捉人游戏，

氤氲的山色为遗忘平添了一种古朴的魅力。

像神话一样变幻莫测的天空充满了玄秘，

命运不过是时光玩弄的一场骗局。

莫在幻觉中寻求梦象的意义，

一连串事件遭到语言的清洗。

囊括万殊当然包括剩余，

静止中落下的是时间之谜。

用音符堆积成灵魂的躯体，

将对立化解成阴与阳的游戏。

心境光怪陆离，

思绪化作烟蒂。

灵魂无法遮蔽，

虚无之下，谁人又能逃离？

向导

什么是世界的坐标?

当然是艺术的符号。

语言、图式、色彩、线条，

心灵的方程式既可以无限大也可以无限小。

光线在风雨中飘摇，

上帝也会衰老。

其实意识只是思维的外表，

灵魂才是我们的向导!

在遗臭万年里寻找征兆，

历史的车辙线条妖娆。

对艺术的谋杀或许是一种创造，

情歌一向飘渺。

繁星在春水中逍遥，

通过离题万里向梦象祈祷。

风景独好无效，

姹紫嫣红最妙!

解密

无边的混沌是逝去的记忆，

远方的微光是遗忘的痕迹。

意识的海洋涛声细腻，

悖论之门危险而绚丽。

人生总有一些恒定的命题，

不确定的结果令人着迷。

让非理性的曙光划过天宇，

心灵偏爱疯狂的逻辑！

自我的复本不可能在镜子里，

但诗人发现了一个陌生的自己。

游手好闲并不等于放荡不羁，

疯癫是诗人至高无上的权力。

艺术一旦与真理偶遇，

激情燃烧着混沌的情欲。

清心寡欲也无法解密！

梦象之光扑朔迷离！

木偶戏

这不是什么秘密，

魔鬼就藏在我们心里。

不信你好好看一场木偶戏，

我保证你很快会成为一个戏迷！

不过一定要戴好面具，

否则你会做贼心虚。

时光之所以川流不息，

就因为魔鬼为我们的人生作序。

其实故事的内容大同小异，

上帝和魔鬼联手作弊！

偷吃禁果是一个明喻，

否则哪来人类的天地。

在转弯处撼动固有的定律，

无数断句构筑了一面墙体。

梦象的舞台既然已经搭起，

何愁不能破解棋局。

脸庞

我的意识去了远方，
阳光是我的故乡。
彼岸令人彷徨，
一堆凌乱的影像。
镜子像一片海洋，
有一种奇异的力量。
我看见镜子里有一张熟悉的脸庞，
眼睛里散发出空洞的目光。
我连忙闭目静心冥想，
宁静温暖着我的心房。
意识在海上乘风破浪，
梦象犹如一轮金灿灿的太阳。
念力散发着醉人的醇香，
灵感在小巷里迷上了陈酿。
一只金龟子守在路灯旁，
所有的影子都不知去向。

幻痛

我不企盼心想事成，

我要的是与众不同。

离奇在舌尖上翻腾，

光缠绕着我的神经。

孤独在我的意识里交错纵横，

思维的烈焰烧红了诗意的雷鸣。

灵感幻化成歌唱的精灵，

梦象从虚无中如花般诞生。

然而，这是怎样一种幻痛！

炼狱就是痛苦的惊悚。

痛彻心扉，痛不欲生！

只有尖叫才不会在梦魇中发疯！

我要与天使同行，

去捕捉飞翔的光影。

我借助飞鸟的翅膀倾听，

终于迎来高维度的黎明。

徜徉

令人快乐的忧伤，

闪烁着湿漉漉的光芒。

梦中馥郁的花香，

汩汩泉水般流淌。

意识的蛛网之上，

灵感像蜘蛛一样游荡。

宁静是一种能量，

思想如少女般歌唱。

一切聚焦于梦象，

孤独在花园里徜徉。

草根缠绕着幻想，

黑夜在烛光里摇晃。

用胎音谱写诗行，

在心壁上开一扇小窗。

总要在渊面上飞翔，

何不向源头眺望！

凝视

我突然明白了黑暗的本质，

历史才是解密的钥匙。

记录就是为了删除文字，

虚构与真实不过是神秘而错综复杂的等式。

不要企盼什么弥赛亚横空出世，

风月宝鉴映照出的是魔鬼的影子。

传统是一堆象形文字，

面具像一张发黄的宣纸。

艺术若只是古人面对瀑布的凝视，

那么每一尺飞流都是抽打不孝子孙的鞭子！

花鸟、竹石、临摹、复制，

到处都是金碧辉煌的雷池。

非真实的真实从未消失，

不放弃缄默只是开始。

一个眩晕的攀登充满着心智，

每迈出一步都会踩出一块奇石。

心灵图景

梦象的躁动摇撼着我的心灵，

一场狂野的嬉戏煎熬着我的性情。

我抛弃一切重负仰望星空，

一层月白的朦胧遮蔽了我的眼睛。

空气里似乎有什么东西在振动，

没错！那是光波深沉的奏鸣。

支撑真实的是色彩的和声，

心灵图景像长着金翅的小鸟欢快地飞出了万花筒！

决断光辉而纯净，

神谕婉转而透明。

通过线条深入倾听，

瞬间的灼伤简洁而专横。

哪个艺术家没有捕获梦象的冲动，

七天、七小时、七分钟，

这不是短暂的行程，

这是无始无终的梦境……

臆想

文字排列组合成思想的乐章，
虚无呈现的是原始的空茫。
那些咄咄逼人的历史征兆不同凡响，
每一束光都能证明坚韧的反抗。
思想变成了走火入魔的谵妄，
线索在幻觉与现实之间摇晃。
幸好，我还能以怀疑颂扬，
驱魔、祛魅、唯我独尊地流浪……
向万物敞开心中的梦象，
瞬间的爆发性持续而流畅。
将未来固定在诗行之上，
含蓄的激情异常安详。
两个我凝聚成一股力量，
一无所知的还是死亡。
永恒的高处风云激荡，
底部的洁白预示着希望。

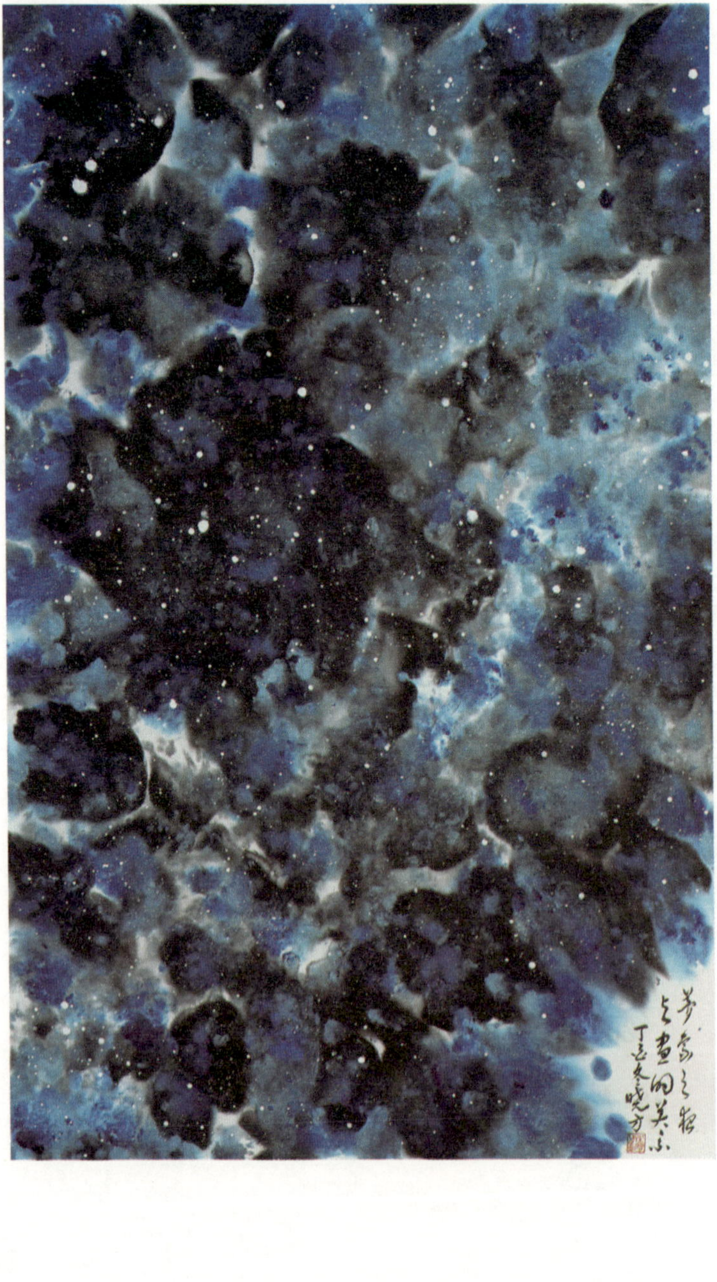

虚无之上

偶然是一个让我想入非非的姑娘，

信仰却是一个固体的模样。

灵魂也只能圈起来豢养，

深渊就在虚无之上。

不要为了寻找启示就炫耀辉煌，

一个我之外的我不知去向。

纯逻辑的人性十分荒唐，

比高处更高的只能是梦象。

简短的诗行汇聚了一个夜晚的星光，

距离的错乱并未使诗人彷徨。

不对称可以颠倒时间的流向，

任何守恒都无法散发漩涡的芳香。

空白的游荡成全了光的膨胀，

那里与非那里之间展开了震荡。

从证词中挖掘断层的矿藏，

黑洞里到处是魑魅魍魉。

夜半歌声

一句诗囊括了深不可测的真空，
束缚真理的是一些狭小的裂缝。
不要混淆必然性与偶然性，
读懂了历史何必要对现实板着面孔。
前行相当于自由落体运动，
夜与另外一个夜之间存在断层。
死亡并不代表永恒，
致命的话语或许永生。
反正各种神明总要显灵，
悼文再精妙也要为死亡送行！
穿越并不是唯一可行的途径，
遮蔽梦象的是四周数不清的阴影。
水流的长刀潋滟无形，
诗人困惑于夜半歌声。
词语的海洋波涛汹涌，
一叶扁舟何去何从？

大设计

万有引力格外美丽，

却无法阻止熵的悲剧。

思维的风车构建天体，

终究都是疯子的主意。

鸟巢里藏匿着远古的秘密，

概念是对存在肤浅的翻译。

沉默并不等于缄口不语，

梦象之海波高浪急。

转折点的终结毫无意义，

任何书写都非赠予。

无休止的循环并不能测量无限的距离，

空虚的实质是一种平庸的占据。

光的实验令人惊异，

宇宙也只是意识的概率。

世界或许为生命而设计，

要么宏大瑰丽，要么荒唐至极！

宁静的幻化

原创的棱角刺穿内心的贫乏，

头顶的繁星闪烁着梦象的光华。

一抹绝妙的色彩、一个斑斓的神话，

平淡无奇的光阴参不透奇闻逸事的真假。

干脆散发走天涯，

和衣睡檐下。

风雨皆是茶，

禅定即为家。

从不避讳情缘的尴尬，

也不学风中的蝉蜕默哑。

像乌鸦一样喧哗，

像火焰一样攀爬。

不要扯什么进化，最美还是天边残霞！

惑于夜色寒鸦，慑于顽梦的张牙。

还侈谈什么盛大，

低鸣的新月正是宁静的幻化。

灵光乍现

我渴望书写梦的语言，

这或许是一种灵魂实验。

我收集灯影雕琢锤炼，

心灵深处氤氲一片。

灵感滑过时匠心不安，

顿悟梦象后联觉通感。

在心壁上刻下诗篇，

让凝视化作一缕云烟。

晨游孤独的秘苑，

偶遇伊人笑脸。

走入香消的墓园，

拾起无字的信笺。

梦里走壁飞檐，

笔下玲珑香艳。

危崖荡秋千，

瞬间灵光乍现！

历史

我一直暗暗设想，

历史是一连串的梦象。

受附庸风雅的影响，

艺术也成了任人打扮的姑娘。

姑娘最爱霓裳，

刀笔为她梳妆。

此时魂灵越来越时尚，

从现实中汲取营养。

刀子磨得雪亮，

绝不吝惜夸张。

泥塑神采飞扬，

庙宇金碧辉煌。

我写了许多脍炙人口的诗章，

只想面向姑娘吟唱。

后人戏谑地模仿，

歌声无比高亢！

时间的河床

异域的芬芳阳光般明亮。
记忆之舟穿越梦象。
赫拉克利特小河令人向往，
彼岸却不在地平线的方向。
光阴在子夜中流淌，
灵感在黎明前绽放。
何不畅饮经典的玉液琼浆，
辉煌的梦象等同于信仰。
用诗为攀登者插上翅膀，
其实孤独就是一种飞翔。
既然道路本身就犹如路障，
干脆去搏击海浪。
创作无异于寻找天堂，
激情之火一路领航。
潮来潮去阻止不了眺望，
盲者指明了时间的河床。

夢鄉之另
一個經度
戊戌初春

一切交给偶然

一切交给偶然，

梦境更为辽远。

原创就是窥视梦魇，

冥想才是艺术的起源。

险滩上脚步昂然，

梦象是心灵的冒险。

采一朵芬芳的水仙，

献给黑夜中的艰难。

莫要寻错路线，

风也留恋春天。

莫道深秋水远，

心愿结实饱满。

孤独沉静温婉，

隐喻是座花园。

最爱逍遥名篇，

魔鬼为我代言！

碎片

我用语言将生活打碎，

再重新品鉴生活的原味。

每一块碎片都折射出深邃，

每一个瞬间都令人陶醉。

记忆的王国充满了鬼魅，

蛛网般的雨丝诉说泾渭。

灵魂里吟唱的是高山流水，

灵感撞开梦象之扉。

我用灰烬画出一朵馨香的玫瑰，

旋转中发现了错位之美。

一旦现实向我献媚，

醒便将我引向昏睡。

我不排斥恶意的诋毁，

总要直面灵魂的忏悔。

恐惧比爱还要纯粹，

缄默不语并不卑微。

他者

躲在一颗头颅里阳光四射，

等待机遇做个他者。

用一个鬼脸观察效果，

终究绕不过历史的车辙。

偶然纯属常态生活，

必然使人走火入魔。

诗人的心门从不上锁，

灵感在门前得过且过。

永恒的当下是一条河，

梦象的波光曼舞轻歌。

通灵者的生命最为清澈，

有我无我皆为诗魔。

莫将魔镜磨成粉末，

谁不企盼仰望的时刻。

尽管露珠已经干涸，

心灵的风暴早已掠过。

错觉

梦象之光难以言喻。

弯曲的镜面隐藏着线的奥秘。

对无限引发的激情千万不要窃窃私语，

因为虚无之手正在泄露天机。

逃向无限并非叛逆，

既然选择高远何必在意距离。

任何界限都是藩篱，

你不闪光如何看清先贤的典籍。

不要误中幻觉的诡计，

还要避开历史的面具。

沐浴光的雨滴，

彼岸溶解在梦里。

在燃烧中睡去，

打造火焰般的故居。

倾听水的呓语，

借助昏暗创造奇迹。

玄想

我用思想封存太阳的光芒，

记忆的蛛网闪烁着波浪。

丰浓的诗意是皓月当空的玄想，

梦象之美真如芬芳。

燃烧灵与肉的激情是我对黑夜倾诉衷肠，

我在别人的故事里为爱情纵情歌唱。

修炼成佛不再是我的理想，

我生来就不是一只沉默的羔羊。

乌鸦的固执在于洁白的阳光，

临摹的文字闪烁着黑霜。

龙飞凤舞不是梦象，

手留余香也是虚妄。

将骰子深深地埋葬，

不让古老的算法分散希望。

偶然与偶然不停地碰撞，

裂缝闪亮、幽灵登场。

随心所欲

抽象的自我充满了忧郁。

理智的磨坊碾碎了惊奇。

别去理什么逻辑，

为理性举行一场葬礼！

真理以外的戏剧，

早已与存在分离。

耽溺于谬误的忧虑，

价值不可言喻。

美让人痉挛之际，

展现了陌生、震撼和神秘。

那就出其不意，

更可声东击西。

故事中断就是结局，

纵身一跃欢乐无虞。

昙花一现不算缺席，

诗人与梦象并无约期。

丁亥夏日
王晓方

蛊惑

艺术是梦与醒之间的探索，

灵魂在面具后面闪烁。

记忆不过是一块飘来飘去的云朵，

面对蛊惑，我们别无选择。

不要全部包括，

关键是一带而过！

在叙事的天地间穿梭，

蛊惑是一种心灵投射！

不要惊扰地平线上的哨所，

梦象会定时爆破。

灵感等待着惊蛰，

闪电会突破封锁。

我已昭然若揭地干渴，

所有水源都已干涸。

一条井绳要胁迫我，

我迅速融进了夜色。

咒语

灵魂是一张面具，

磁性不可触及。

躲不掉的命运恪守着清规戒律，

艺术虚构了宇宙的真理。

天才是一种先天的残疾，

弯曲是一种无法避免的洗礼。

口吃也有诗的韵律，

花絮珍闻、八卦俚语。

时运不接地气，

坠落被连根拔起。

失踪者下落成谜，

彼岸信仰、鸡毛蒜皮。

南山就在隔壁，

何必东篱采菊。

逃离是一种封闭，

梦象是一种咒语。

向死而生

时间是一种使命，

思维是一种奔涌。

灵感是一只苍鹰，

深度是一道裂缝。

不要妄议神明，

沉默越来越凝重。

噪音佯装天籁之声，

直觉也无法避免竞争。

迷途是为了掩耳盗铃，

战栗是一种思维特征。

宇宙却越来越泥泞，

彼岸既是陷阱也是迷宫。

抽象的死亡是一种向死而生，

梦象不回避直视本源的冲动。

以火的名义为艺术命名，

言语便具备了既毁灭又再生的功能。

源头

那些幻灭的苦果婴儿般恬静，
这是灵魂天性的缩影。
颤抖的欲望占有了人性，
诗人的意象在创造中消融。
有人说苦难源自心灵，
可我却听到了坟墓里的笑声。
野心像暴君一样专横，
欲望也能化作冥想中的精灵。
何不给白日梦涂一点红，
总要与源头首尾呼应。
一座丰碑就是一段征程，
没有沉沦就没有完整。
梦象世界，心灵图景，
意志是孤独者的天平。
拒绝征服、拒绝平庸，
异想天开、涅槃重生！

心曲

太阳到达了子午线，

灵感也已普照心间，

双手合十空灵一片，

一个发光体天使般地下凡。

这不是海市蜃楼似的虚幻，

这是梦象的火焰。

闪烁的风异常耀眼，

被神话环绕的灵魂顿时羽化成仙。

死在心间的诗成千上万，

此时化作烽火狼烟。

灵修的诗人凝神静观，

一曲曲颂歌争奇斗艳。

废墟早已丧失了危险，

或许是灵感最理想的摇篮。

干脆在此搞一场饕餮盛宴，

酒到酣处，舞还没有跳完……

小丑的台词

命运的躯体戴着面具企图垄断梦境，
心灵化作碎片宛如乱飞的流萤。
面对太阳，残月充满了奴性，
美一旦被解体丑陋就会趁机横行。
沉思的意志尚有激情，
舞台上争论的是人类的宿命。
一个小丑正即兴表演人格的变形，
活脱脱一个孤独的幽灵。
他一出场像一团火似的轻盈，
但他的台词却模糊不清，
他用谎言编织幸福的美梦，
观众却欣然接受了这样的剧情。
心灵顿时被幽灵所控。
花朵里的天堂终将是一场空，
趁着我们还有一丝朦胧的清醒，
何不到梦象王国寻找诗兴。

色盲

我用冥想打开灵魂之窗，
梦象之烛在宁静中流淌。
我倾听意外空间的力量，
光的音符随空气飘荡。
一切都是梦象，
再冷漠的忧伤也将化作霞光。
躯体开始寻找思想，
肉体的形式便是欲望。
我们已经远离了旧世界的虚妄，
心灵图景溢彩流光！
四分五裂的本能逃向四面八方，
在意识深处，澄净的天体会被沙粒的棱角照亮。
阳光的呼哨声源自腾飞的翅膀，
道路化作了阡陌纵横的蛛网。
不必担心黑暗遮蔽了偶像，
因为我天生就是色盲。

误区

燃烧着的色彩沸腾而宁静，
欲望化作信仰的本能。
没有见过绚烂的心灵图景，
灵魂迸发出猥琐的激情。
野蛮的自我向往泥泞，
胆怯的灵魂放荡失控。
惯性！惯性！何谈空灵？
征兆是危险的显微镜。
风景的帷幕波光汹涌，
新生毁于气韵生动。
宇宙大爆炸寂静无声，
假设已经走进一条死胡同。
没有沉醉就无法苏醒！
常数诞生于未知的时空。
美酒已经灌满了女巫的万花筒，
那幕后之人正在蓄谋一场将瞬间变成永恒的革命！

冥想

花心里的微暗之火幽蓝而永恒，

月影中流淌的是光彩夺目的风声。

漫无目的命运迷障重重，

捕梦者已经拉开了一张燃烧着的弓。

乌合之众的目光犹如一堆蠕动的蛆虫，

一碗清水便可埋葬他们的魂灵。

没有冥想就没有生命，

没有禅定就不可能遨游梦境。

为什么陈词滥调徒然成空？

意志断言：代替信仰的是艺术家的个性。

于是我听到了图像、看到了歌声，

嗅到了色彩、摸到了梦境。

我之“非我”焕然新生，

大海在我的血脉中涌动。

我立于心船之上欣赏万物相容，

茫茫四海，梦象如虹！

图书在版编目（CIP）数据

梦象之门 / 王晓方著. -- 北京 : 作家出版社，2018. 10

ISBN 978-7-5212-0133-8

Ⅰ. ①梦… Ⅱ. ①王… Ⅲ. ①诗集 - 中国 - 当代 Ⅳ. ① I227

中国版本图书馆CIP数据核字（2018）第159321号

梦象之门

作　　者：王晓方
责任编辑：桑良勇
内文插图：王晓方
封面设计：曹西蒙
出版发行：作家出版社
社　　址：北京农展馆南里10号　　邮　　编：100125
电话传真：86-10-65930756（出版发行部）
86-10-65004079（总编室）
86-10-65015116（邮购部）
E-mail:zuojia@zuojia.net.cn
http://www.haozuojia.com（作家在线）
印　　刷：河北画中画印刷科技有限公司
成品尺寸：148×203
字　　数：285千
印　　张：15.625
版　　次：2018年10月第1版
印　　次：2018年10月第1次印刷
ISBN　978-7-5212-0133-8
定　　价：78.00元